厲害了，娘子 上

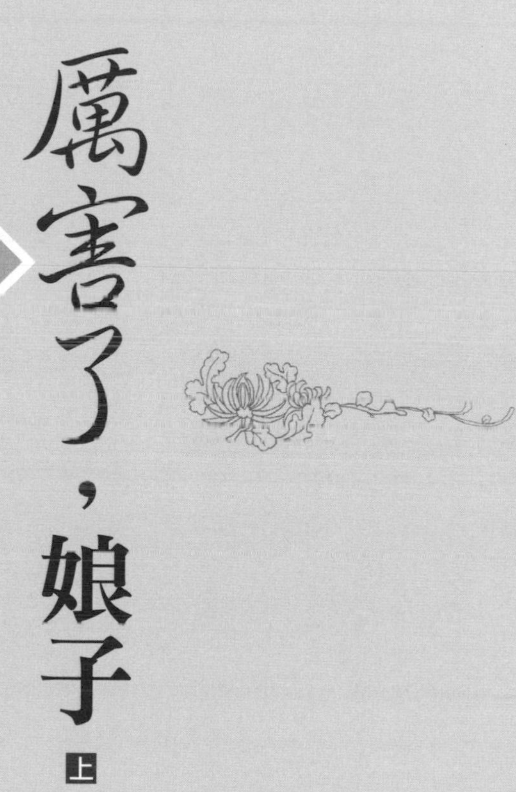

風文創 870

熹微 著

目錄

自序

熹薇

我是家裡的老二，上頭有個哥哥，不知道是不是因為只比我大一歲的緣故，別人家的哥哥都是寵妹妹的，我家哥哥卻總喜歡揍我。因為揍得多了，所以在我的童年裡有著不可磨滅的記憶，這也導致長大後，我們兄妹關係一直冷冷淡淡的。

我記得小時候我哥打哭我之後，我就跟媽媽告狀，媽媽卻跟我說，哥哥打妳是因為妳總反駁他，總和他對著來，妳應該順著他、哄著他，不要還嘴，這樣他就不會打妳了。

那個時候的我很倔強地說：「不！」

雖然我很小，很多事情還不明白，但骨子裡覺得我不該為了避免挨打就順從哥哥、討好哥哥，甚至在他打我的時候，我還要縮著不反抗來結束被他繼續揍的命運。

我往往是在口頭的抗議中被揍得更厲害。

隨著年齡的增長，我漸漸明白了，被人欺負，要還手，要保護自己。所以，那個時候我就下定決心，我要學功夫，我要揍我哥，讓他以後再也不敢揍我。

這個小小的種子也在我心裡一直生根發芽，成就我往後人生自立自愛、不屈不撓的個性。

我哥上了國中之後寄宿在學校，我還在上小學，因此我們分開了，經常一個禮拜才見一次，但他還是會習以為常地欺負我，就像我父親習以為常地家暴我母親一樣。

是的，我在一個不太愉快的原生家庭裡長大的，人家說，不幸的童年需要用一生來治癒，我深有體會。

那些不幸沈澱在我童年的記憶中，卻是我原生家庭裡的不以為意。

長大後，我爸覺得家暴是一種理所當然的存在，我哥更是不記得小時候他是如何欺負我的。

唯一留下痕跡的，就是我因童年的不幸而根深柢固刻在骨子裡的敏感和自卑，直接影響到我青春期的感情觀。

那個時候的我，消極、缺乏安全感，覺得自己不配擁有幸福，有段時間甚至選擇放縱情感。

直到後來，隨著閱歷的增長，我終於明白，安全感也好，幸福感也罷，不是別人給的，而是自己給的，只有自己變得強大、自信、獨立，富有自己的人格魅力，那些安全感、幸福感自然而來就來了。

所以，我開始去學著改變、去不斷學習、去確立自己的人生目標，訂定積極的人生計劃去奮鬥、去學會相信別人、去經營感情和自己。

於是，幸福真的就向我靠攏了。

我用我的人生閱歷明白了女性無論在困境還是順境，一定要學會自立、自強、自愛，只有這樣才能活出自己的一片天空，這就是我寫《厲害了，娘子》的初衷。

這篇文章的背景是在古代，古代女子的命運很多時候就像菟絲草一樣，只能依附著男人而活，她們總被三從四德所束，被家族所累，往往活得身不由己，只能忍氣吞聲地過一輩子。

我就想寫一個被家族命運所累的古代女子，因為不甘認命，故於逆境中用自己的智慧和能力，去和命運搏一搏的故事，這才有了這篇小說的中心思想。

我覺得喜歡看書的人大部分都還是孩子，他們或許有些人和我一樣曾經受過傷，也曾彷徨、無助，沒有方向。

我希望我書裡的人物，能夠用她的精神為那些迷茫的孩子指明方向——教他們去做一個自尊自愛、自立自強的孩子，去和不公抗爭，去和不幸博奕，去創造屬於自己的美好人生。

最後，借用東野圭吾的一句名言送給大家。

悲觀也沒用，誰都想生在好人家，可無法選擇父母，發給你什麼樣的牌，你就只能儘量打好它。

第一章　劫法場

太平三年，秋。

汴都西市口處，法場周圍擠滿了看熱鬧的老百姓。

「這般模樣的女子竟要被砍頭，真是作孽啊！話說，她到底犯了什麼罪？」祁宋律法雖嚴，但對女子而言，若非十惡不赦之大罪，一般不會問斬。

「你竟不知？她乃汴都富商秦家才貌雙全的三房嫡女，秦無雙。唉，她哪是犯了什麼罪，不過是被家族連累的。」

那人恍然大悟。「我想起來了，富商秦家！說的可就是他們家的藥行……上貢的保胎藥出了問題，導致皇后娘娘一屍兩命？」提及皇室，那人刻意壓低了聲音。

另一人也低聲道：「正是他們家。」

「不過我聽說，秦家的滿門男丁早在三個月前就被斬首示眾了，女眷也全數充做官妓，為何三房嫡女又被判了斬刑？」

「哪是被官府判的，聽說是她自個兒求的，說什麼『寧做斷頭鬼，不做風塵女，自請與秦家兒郎同生死』。皇上得知後，就隨了她的意，定了秋後問斬。」

「倒是個貞潔烈女，可惜了……」二人唏噓搖頭。

秦無雙穿著囚服，跪在法場中，弱不禁風的背脊上插著一根亡命牌。兩彎似霧非霧遠山眉，一雙似笑非笑清冷目，雖蓬頭垢面，卻風華難掩。她淡淡地看著臺下圍觀的人們對著她指指點點、竊竊私語，杳眸中始終無波無瀾，無端跪出一絲頂天立地的態度。

監斬官大喊：「午時三刻已到，行刑！」

法場上，劊子手抽走秦無雙背後的亡命牌扔在地上，雙手舉起冷森森的鬼頭大刀，刀刃折射出刺眼的白光，晃得眾人睜不開眼。

秦無雙微微仰頭，看了一眼最後的蒼穹白雲，然後，緩緩閉上雙眼。

突然間，平地一聲驚雷巨響，緊接地動山搖、震耳欲聾。只見東方狂奔而來數十匹烈馬，馬尾巴上皆綁著一串噼哩啪啦作響的鞭炮，東撞西撞、亂哄哄地衝進了法場。

百姓何曾見過這等場景，當下嚇得四散奔逃，監斬的官員也早已抱著官帽躲了起來，法場上很快只剩下秦無雙和手足無措的劊子手。

旋即，秦無雙看見了此生都無法忘懷的畫面——

她的死對頭牧斐，身穿黑衣、坐騎黑馬，劍眉星目、英氣逼人。一手拽轠繩，一手執長鞭，堂而皇之地從亂馬叢中直奔法場而來。

接近她時，手法極其俐落地揚出長鞭，將還在震驚中的她牢牢捆住，一把拽起，橫於馬背上，徑直縱馬去了。從出現到離去，不過片刻工夫，彷彿每一步都計算得剛剛好，一氣呵成。

秦無雙橫趴在馬背上，五臟六腑被顛得翻江倒海，臉色鐵青，幾欲嘔吐。

牧斐見狀，忙將她拉起坐在身前。

秦無雙這才緩過氣來，她抬眼見西門已近在眼前，終於反應過來，急問：「姓牧的，你在做什麼？」

牧斐微微俯身攏著她，雙眼直盯城門口，附耳道：「做什麼妳看不出來？小爺我在劫法場。」

劫法場？打死她都不相信，那可是死罪！

可如今事實擺在眼前，由不得她不信。

她與牧斐，從十三歲結怨，至今已有七年。

當初，她因一個誤會得罪了牧斐，之後便開始了被他百般戲弄的日子。她一忍再忍，本想息事寧人，誰知牧斐非要鬧得滿城風雨，讓她顏面盡失。

於是，她也不再裝什麼大家閨秀，乾脆讓名聲爛到底，假借牧斐外室之名，瞎編了無數和牧斐之間的風月話本，將牧斐塑造成一個喪心病狂、始亂終棄的壞男人，嚇得那些原本一心想攀上定遠侯府的女子們，一見到牧家媒人上門，立刻一哭二鬧三上吊，避之為恐不及。

也因此，即使牧斐已年近弱冠，又有一副號稱「都中三俊」之首的堂堂相貌，仍未有哪家女兒敢說與他，就連那些從不被牧家放在眼裡的薄宦寒門之女，也都對他敬而遠之。

直到四年前，聽聞牧斐要娶九公主，秦無雙想著自己已與牧斐鬥了那麼多年，彼此俱是身敗名裂，也算是出了心中惡氣，她雖名聲壞了，無人敢娶，不過倒也樂得自在，打算終其一生侍奉雙親，不再與牧斐為敵了。

豈料，她與牧斐的風月話本，不知怎麼地竟然落到九公主司玉琪手中，結果牧斐自然是被九公主退了婚。

緊接著沒過多久，就傳來牧斐之父定遠侯牧守業在雁門關外，輕敵冒進、吃了敗仗、身死疆場的消息。聽說皇上大怒之下，直接撤了牧斐舅爺樞密院使金長晟的職，同時抄了定遠侯府。

牧家從此一落千丈，樹倒猢猻散。

大概又過了一、兩載，她在街上偶遇落魄潦倒的牧斐被人從藥鋪裡轟了出來。原來牧家被抄後，牧老太君急怒攻心，不到一個月就去了，牧斐的母親受了驚嚇，又過了半年飢寒交迫的苦日子，身子終於支撐不住，病倒了。

牧斐為救母，四下求藥，起初那些藥鋪的掌櫃還看在當年牧老太君憐貧惜賤的分上，多以救濟，經常捨些藥給牧斐，只是久而久之，便不再相助了。

秦無雙想著若不是她的話本誤了牧斐與九公主的大好姻緣，說不定牧斐不會落得如此淒慘下場。她心裡存了幾分愧意，便暗地求師父親自去一趟牧斐寄居的破廟。

秦無雙的師父乃是汴都醫術首屈一指的民間大夫，號稱「鬪神醫」，可惜牧斐母親已經病入膏肓、積重難返，即使極力診治，也無力回天，沒過多久，便也去了。之後，牧斐就像人間蒸發一般，杳無音訊。

然而，今日牧斐卻突然出現，還將她從法場上劫走——牧斐的所作所為，令她百思不得其解，難不成是為了報當年害他錯失大好姻緣之仇，故來劫法場，想親手手刃她，以解心頭之恨？

這麼一想，秦無雙不由得嘆道：「牧斐，我知你怪我當初壞了你和公主的姻緣，心裡恨我恨得要死，不過我已經被判了斬刑，你只消等我人頭落地，你的仇就算報了，又何苦多此一舉劫法場親手殺我？」

「誰說我想親手殺妳了？」牧斐低下頭，語調忽軟。「茵茵，我是來救妳的。」

茵茵——是她的乳名。秦無雙震驚地睜大眼睛，不明白牧斐這是在演哪一齣，不禁反問：「牧斐，你莫不是瘋了？」

牧斐朗聲一笑，狹長的丹鳳眼裡透著幾分凜然。「我沒瘋，我很清楚自己在做什麼。」當所有人都對他們避之如蛇蠍時，義無反顧出手相助的卻是素來與他不合的秦無雙，真是想不到……

忽聞身後有人飛馬來報，對城門上大喊：「有人劫法場逃往西門來了，傳令爾等速速關上城門！」

守城官兵們聞報，又見一騎飛奔而來，急忙欲將城門關上。
牧斐攏著秦無雙身體的雙臂緊了緊，語氣驟然一沈。「茵茵，別怕，我這就帶妳走。」說完，夾緊馬肚，只聞黑馬長嘶一聲，撒蹄急奔，頓如離弦之箭射向城門，就在門縫即將闔上的一瞬間，黑馬馱著他們險險地衝了過去，奔出西城門，奔向廣闊無垠的天地。
馬蹄砸地後，二人不由得長吁一口氣，只是還沒來得及開口，便聽見城樓上有人喝令。
「放箭！」
耳邊立即響起咻咻的箭聲，牧斐只得策馬避讓。
秦無雙這才相信，牧斐確實是來救她的。
可她心知肚明，以牧斐今日之力，如何救得了她？就算能逃出汴都，終究逃不出祁宋。她忙勸道：「牧斐，你快將我放下，獨自逃命還來得及，倘若帶著我這個朝廷命犯，絕對逃不遠的。」
牧斐喘著氣，咬著牙，語氣堅決。「不放，死也不放！」
「你這又是何苦呢？你明知道這樣做根本救不走我！」
牧斐沒有回答，不多時，他的胸膛突然壓了下來。
秦無雙背對著他，不知發生何事，只聽見牧斐氣息不穩地說：「我知道……只是，縱有一線生機，我也想試一試……今日，若能和妳死在一起，足矣……」說著，血便從牧斐口中溢了出來，灑在秦無雙的肩上、胸前。

秦無雙低下頭，呆呆地看著身上血紅的囚衣，久久說不出話。
牧斐的手依舊緊緊地拽著韁繩，只是馬速漸漸慢了下來。
此刻，牧斐背上扎滿箭矢，徹底沒了氣息。
「……牧斐？」秦無雙顫聲輕喊，怕驚醒了他，又怕喊不醒他。
回答她的是呼嘯的冷風和咻咻利箭聲——地面顫動，身後追兵轉瞬即至。
秦無雙勒馬停下，兩行清淚滾了下來，她緊咬雙唇，看了一眼沒有盡頭的前方。最後，她掉轉馬頭，朝向追兵飛快衝了過去……

睜開雙眼時，頭頂上方是熟悉的蜜合色海棠花撒花雲紗帳，一陣恍惚後，秦無雙驟然驚坐起。
一旁正在掖被子的蕊朱嚇了一大跳，見秦無雙坐起，又驚又喜，口中直唸佛號道：「我的好娘子，您可算是醒了。」說著，在床沿坐下，雙手合十，急忙拜天拜地了一番。
秦無雙驚訝地看著蕊朱，再看了一眼屋內，皆是她最熟悉的秦家閨房陳設，復又看向蕊朱的臉，稚嫩圓潤，是十五、六歲的模樣，然而，蕊朱明明比她大兩歲——
她試探地喊了一聲。「蕊朱？」
蕊朱忙應了一聲，開始嘮嘮叨叨地說起她前幾日夜遊時染了風寒，一回來就發起高熱，一連燒了好些日子，整日迷迷糊糊的，差點嚇壞老爺和夫人。虧得關大夫連守了她兩日，親自施針下藥，這人前腳剛走，她就醒了。喜得蕊朱又將關大夫連連誇了一番。

蕊朱嘮了一長串，見秦無雙不說話，只是一臉震驚地看著她，終於察覺到不對勁。她止了話頭，緊張地喚了秦無雙一聲。「小娘子？」

「蕊朱，今朝是何年？」秦無雙突然問。

蕊朱大驚失色，忙抬手摸向秦無雙的額頭，喃喃自語道：「不得了了，小娘子莫不是被高熱燒糊塗了？」

秦無雙反握住蕊朱的手，正色道：「我沒傻，我只是想確定一下今朝是何年而已。」

「……今朝是開寶七年春。」蕊朱皺眉看著她。

開寶七年春，也就是她十三歲之際，蕊朱十五歲，瞧此光景，難道──她已重生，回到年少時？

秦無雙掀開被子就要下床，蕊朱忙按住她。「小娘子，您還病著呢，這是要去哪兒？」

秦無雙急切地說：「我要去找我爹娘。」如果她真的重生到少年時，那爹娘就一定還活著。

蕊朱道：「老爺和夫人在前廳，正為您的事情和牧家夫人鬧得不可開交呢，小娘子這會兒可不能去。」

乍一聽見牧家，秦無雙眉心一跳，忙追問。「牧家？哪個牧家？」

第二章　重生

蕊朱怨聲怨氣地說：「還能是哪個牧家？自然是那個整日戲弄您的牧小官人家啊！」

想當初她與牧斐結怨，正是十三歲這年上元節前一日，她與蕊朱出去逛街買花燈，準備用來佈置院子裡的花燈樹，突然聽見街上有人扯著嗓門大喊：「抓賊啦！抓賊啦！」

她平常從不管這等閒事，那日也不知哪來的一股熱血，瞧見賊人逆著人潮向她飛奔而來、與她擦肩而過時，便想也沒想，抬腳伸了出去……

那賊人一時不防，被她絆了個狗吃屎，當場摔傷鼻骨，血流不止。她不想惹上麻煩，收了腳便悄悄拉著蕊朱轉身要溜，誰知賊人反應極快，立刻伸手抓住了她的裙角。

此時，大喊抓賊的婦人氣喘吁吁地追了上來，問那賊人。「壯士，可有從賊人身上追回奴家的錢袋？」

「賊人」沒回答，只是一個勁兒的指著秦無雙的鼻子氣呼呼地說不出話來。

秦無雙這才驚覺自己絆錯了人——而那人正是牧斐。

她正自悔行為莽撞，不知如何是好時，牧斐凶狠地虛點著她的臉，吼道：「死丫頭還想跑！小爺我還沒跟妳算帳呢，敢出陰招暗害小爺，妳死定了！」

也不知牧斐是否有意為之，隨著他起身，秦無雙的半邊裙裾被他撩了起來，說話時，一激動，扯著她裙裾的手往上一揚，裡面的粉色花綾褲子頓時全露了出來，那景況一時羞窘的她面紅耳赤，心裡又急又氣。眼見圍觀的人越來越多，她壯起膽子上前一步，用力甩了牧斐一耳光，同時大罵一聲。「無恥淫賊！」

牧斐一時被搧懵了，震驚地瞪著她說不出話。她乘機從牧斐手中抽走裙裾，拉著蕊朱擠開人群轉身撒腿就跑。

本以為這件事就這麼過去了，誰知牧斐真有點本事，也不知用了什麼手段，竟輾轉查出了她的身分。

自那之後，牧斐三不五時就來找她麻煩——不是朝她坐的馬車扔鞭炮，驚得馬兒失控狂奔，就是牽著幾隻獵犬攔她去路，嚇得她花容失色，抑或找幾個惡少滿街追著她喊「雙兒妹妹」，引得無數路人側目……諸如此類惡整之事，不勝枚舉。

她不想把事情鬧大，一忍再忍，誰知更過分的還在後頭。

待她及笄，李記錢莊的李二郎慕名上門向她提親，連秦家大門還沒跨進去，就被牧斐帶了一幫人蒙住頭狠狠揍了一頓，嚇得李二郎再也不敢上門。

之後，吳記酒樓的長子吳大郎也找媒人上門說親，同樣被牧斐攔下，並當面警告。「秦無雙是我牧小爺的人，誰要是再敢上門提親，就是天王老子來了，我牧小爺也會揍得他分不清東南西北。」

牧斐真不愧為汴都頭號紈袴子弟，厥詞一出，滿城的人都以為秦無雙和牧斐有染。自那之後，汴都城裡果真再無人敢上門與她說親。

秦無雙的爹為此事差點提刀去砍了牧斐，祖母還罰她跪了三日祠堂，讓她自省反思，為何要去招惹牧家的混世魔王，給秦家名聲帶來不少麻煩……

「小娘子？」蕊朱喚了她一聲。

秦無雙回過神，低下了頭，抬手捂住胸口，覺得那裡似乎還殘留著牧斐鮮血的餘溫——西門外，他們被萬箭穿心的畫面猶在眼前……

過了好一會兒，她才不解地問：「牧夫人怎麼會來這裡？爹娘又因何事與牧夫人鬧不愉快？」

牧家乃世代武勛名門，又是侯門公府，家大業大，平日最瞧不起他們這樣的商賈之家，更別說親自登門。她爹與牧夫人大吵，莫不是與牧斐這些時日以來戲弄她有關？

蕊朱道：「小娘子這些日子病中有所不知，牧家小官人前陣子得了一匹好馬，但是性烈難以馴服。牧小官人不信邪，強行上馬，結果馬兒狂性大發，將牧小官人甩在城牆上，傷了頭，昏迷兩日後醒了，卻是整日神志混亂、昏昏沈沈、滿口胡話、驚怖異常。人們都說牧小官人魔障了，牧老太君就請了一名道人到家裡看一看。道人說牧小官人中了邪，被纏住了，需找一名八字命硬的人沖一沖，或許能解厄，於是牧家的人就到處尋找八字硬的小娘子，想要給牧小官人沖喜。

「也不知您的八字怎麼就到了牧家人手裡，得來一算，竟是八字最硬的，連那名道人也說非小娘子不可。」說及此，蕊朱不由得忿然道：「這不，牧家夫人立刻就攜了重禮上門，想要將您帶回去，給牧小官人沖喜呢。老爺一聽，自是不願，還怒氣沖沖地將牧夫人帶來的禮品全數扔了出去……」

正說著，有人來報。「景大官人來了！」話音剛落，就聽見門外傳來一陣急促的枴杖聲。

秦光景穿著一身素色圓領竹袍，看起來溫文儒雅，只是過於清瘦了些。他右手拄著一根黃楊木枴，左手由林氏攙扶著，一起跨進了門內。二人見秦無雙坐在床上，雙雙大喜，林氏激動地丟下秦光景，疾步上前坐在床沿，扶著她的雙肩上下打量了一番，邊點頭邊哽咽。「好，好，茵茵終於醒了，娘還以為妳這次凶多吉少了……」

秦無雙看著秦光景與林氏充滿關切的臉，不由得回想起前世——

那日下午，秦家大院突然湧進一大批全副武裝的官兵，二話不說，一陣亂闖，又是抄家、又是抓人的。當時，她還在閨閣內歇息，冷不防被四、五個闖進房裡的官兵從床上胡亂扯到地上。隨後，兩人按住她的肩，一人按住她的腿，還有一人要解她的衣。她瞪著眼前幾個餓虎般的男人，一時竟沒反應過來。

秦無雙的爹娘衝進屋內時，正好瞧見這一幕。她爹一時激憤，衝上來以枴杖為武器，使勁兒擊打那個扒她衣裳的官兵，她娘則幾步上前，從後面環臂鎖住按她雙腿的官兵的脖子，死命地勒。

被擊打的官兵一時怒急，轉身抄起佩刀就往她爹胸前砍下。她爹身子骨不好，又不良於行，受了一刀，當場就倒地去了。她娘見狀，慘嚎一聲，放開手下直翻白眼的官兵，一頭撞在佩刀上，也跟著爹去了。

現在，看到爹娘活生生地站在眼前，噓寒問暖，她心裡早已激動不已，一句「爹、娘！您們——」還未喊完，就「哇」一聲，撲上去一把抱住林氏，狠狠地哭了起來。

林氏不解，以為秦無雙是被病折騰得委屈了，只好抱著她一起哭，一邊又安撫了一番。

秦光景站在床邊看著母女倆哭成一團，忙向林氏說道：「茵茵剛醒，妳就別在她面前淌淚抹眼的，小心孩子跟著哭傷了眼。」林氏聞言，這才趕忙收住了，又替秦無雙擦著眼淚。

秦無雙也止住了哭泣，乖巧地抿著唇，聽著她娘將「好好睡覺，勿踢被子，多添衣裳」等瑣事仔仔細細地叮囑了一番。

林氏怕她累，叮嚀完便起身要走。二人離去之前，秦光景遣了一名小廝去請關大夫再來復診，又囑咐蕊朱和啞奴好好看顧，只是絕口不提方才前廳之事。

蕊朱在門後探頭探腦地看著秦光景和林氏離去的背影，很是納悶，待轉頭想問時，發現秦無雙又躺回床上睡了。

秦無雙腦子裡有些混亂，她需要好好靜一靜，將眼前之事理一理。

一覺醒來，還是熟悉的蜜合色海棠花撒花雲紗帳、熟悉的閨房陳設，以及十五、六歲的蕊朱，至此，秦無雙才確信無疑——

她真的重生了。

日已近黃昏，蕊朱將她從床上扶了起來。「小娘子，剛才老爺派人來傳話，說就等您過去用晚飯呢。」

待洗漱更衣後，她坐在妝鏡前，由著蕊朱替她梳髮，只是看著鏡子裡的自己時，總覺得一切不太真實。

蕊朱很快替她梳了一個雙峰瀑布，綴上兩朵半舊的翡翠色絨花，襯著身上湖綠素色衣裙，顯得她容貌楚楚、清麗脫俗。

蕊朱對著鏡子裡的她笑道：「小娘子快看，您這眉眼長得越發出塵了，小臉蛋就像豆腐染了兩抹胭脂似的，眼珠子好似白水銀裡養著兩丸黑水銀，烏溜溜的。依奴婢看來，小娘子活脫脫就是一個大美人胚子，就算不用華美的金銀玉釵，也照樣是秦家最好看的小娘子。」

秦無雙無奈地瞥了鏡子裡的蕊朱一眼。「妳這話若是讓長房那位聽見了，又該賞妳嘴巴子吃了。」

蕊朱忙摸了摸嘴唇，遂噘起了小嘴，嘟囔道：「奴婢只是實話實說而已。」

秦無雙先在院子裡四處轉了一圈，摸了一會兒樹，逗了一會兒鳥，澆了一會兒花，這才沿著遊廊轉角的便門來到爹娘的屋子。

屋裡的兩個嬤嬤見她過來，都笑著問好，這才開始安桌設椅擺飯。飯畢，秦無雙陪著爹娘吃了會兒茶。

一時有人報。「關大夫來了。」關大夫是秦光景的專用大夫，也是秦家藥行正店的坐堂大夫，醫術十分了得。

秦光景一聽，連忙起身，林氏也趕忙起身扶著，正要去迎人，關大夫已率先疾步進來扶秦光景坐下，二人閒敘兩句，關大夫就替秦無雙把起了脈。

秦無雙趁隙悄悄向關大夫吐了一下舌頭，關大夫見了面色未動，只是按在她手腕寸關尺上的指尖微微一沈，她便知沒事了。

自她爹年輕時生了一場怪病後，一直由關大夫照料至今，關大夫算是府裡的常客了。她十歲之際，想著以後或可接管秦家藥行，便背地纏著關大夫拜了師，跟著關大夫學習醫術。因她爹不喜她從商，一直希望她能夠安安分分地做個大家閨秀，擺脫商賈銅臭之氣，以後嫁個好人家，是以學醫這件事情一直瞞著爹娘。

診完脈，關大夫對秦光景道：「令嬡已無大礙了。」

秦光景夫婦這才徹底放下心來。

夜深人靜時，秦無雙下了床，先去對面的床瞧了瞧蕊朱。為照顧秦無雙，蕊朱一連忙了好多天，今日精神一下子放鬆下來，沾床即睡熟了。

秦無雙換上夜行衣，輕輕地開了門，啞奴正和衣躺在走廊地鋪上坐更，只見她雙眼緊閉，微有鼾聲，也已睡熟，秦無雙便躡手躡腳地跨過啞奴，悄悄下了階梯，穿過院子，出了角門。

角門外是一處狹小的夾道，夾道外便是繁華的街市。她四下看了一眼，然後足尖輕點，縱身躍上了牆頭。

第三章 冲喜

彼時，定遠侯府裡早已亂得人仰馬翻。

秦無雙在定遠侯府的牆頭蹲了好一會兒，終於等到一眾嬤嬤、小廝從門外簇擁著一個提著藥箱、醫者打扮的人，急匆匆地往裡頭去了。她便暗中跟著那行人，來到一處種著海棠樹的院落。

院子裡聚集了不少人，個個神色惶惶，屋裡不時傳來桌椅翻倒、瓶器碎裂的聲音，誰也不敢貿然進去。見御醫趕來，眾人如見救星，趕忙請到了屋裡。

秦無雙不好再蹲牆上，便起身一躍，輕巧地來到了屋頂上方，尋了處方便落腳之地，揭起一片瓦，從瓦洞裡往下望。

只見西屋裡，牧斐穿著寢衣、披頭散髮的，兩、三個小廝合力抱住他，有人抱身子，有人抱胳膊，還有個抱腿，只是牧斐彷彿厲鬼上身，神情癲狂、舉止無狀、跳上跳下，掙扎著亂踢亂扭。

牧老太君被兩個嬤嬤攙扶在旁，手裡緊緊捏著一串菩提念珠，急得直抹眼淚。牧夫人倪氏哭著想要上前，硬是被身後兩個嬤嬤拉住，勸了半晌。

御醫見狀，忙從藥箱裡翻出三根銀針，分別對著牧斐頭上幾處大穴扎了下去。

須臾，牧斐全身一軟，不掙扎了，那幾個小廝連忙扶住他放到床上躺著。
眾嬤嬤、媳婦們扶著牧老太君與倪氏圍了過去，見御醫又在牧斐身上連施了好幾針。
牧斐眼神呆滯地任由御醫扎針，一動不動。
待御醫忙畢，牧老太君請他至堂屋裡用茶，御醫也不敢接茶，只是搖頭嘆氣道：「老太君，恕卑職無能，牧小公子的病狀實在古怪，藥石皆無效用，如此下去……恐怕老太君只能早做準備了。」
倪氏一聽，頓時掩嘴嚎哭起來，被牧老太君一聲厲喝止住了。
牧老太君又和御醫客氣了幾句，才命下人們送出去了。
房裡的下人們收拾完滿地狼藉後，全退了出去，堂屋只剩下牧老太君、抽噎不止的倪氏與幾個大丫鬟。
牧老太君不滿地瞥了倪氏一眼。「哭什麼哭？斐兒沒死都快被妳哭死了。」
倪氏一聽，忙止住哭，焦急地說：「老祖宗，能請的名醫都請了，連宮裡的御醫都輪番來看過了，也說不出個所以然來，那您說眼下該怎麼辦啊？」
牧老太君摩挲著手中念珠，低頭沈吟了半晌，才道：「妳今日去秦家，可有見著秦無雙？」
「哪兒見得著？我剛說明來意，就被秦家三郎趕了出來。」
牧老太君聞言蒼眉緊皺。「如此說來，秦無雙的八字並非秦家三郎派人送來的？」

倪氏就著旁邊的凳子坐下，細細想了想，道：「我瞧那情況，秦家三房似乎根本不知此事，倒是秦家大郎和大娘子都樂見其成似的。」

牧老太君又問：「那秦老太太態度如何？」

倪氏不太確定地說：「看她老人家，好像並無太大反應……」

牧老太君聽了，也只點了點頭，沒再說什麼。

倪氏急了。「老祖宗，斐兒可是您的嫡親孫子，好歹求您顧著他，不如您親自……」

牧老太君抬手，止住了倪氏的話頭，只道：「太急了，再等等。」

倪氏只好不情願地閉上嘴。

牧老太君見牧斐睡沈了，來到床邊守了一會兒，被嬤嬤們勸著天色已晚，該歇息了，這才吩咐屋裡的下人們好好照料主子，領著倪氏離開了。

牧老太君和倪氏一走，那些下人唯恐牧斐再發狂，都不敢守在屋內，紛紛躲到外頭去了，眼下一個人也沒有，正好方便秦無雙乘機溜進屋。

秦無雙徑直走到西屋床前，在床沿坐下，蹙眉看了牧斐一會兒，正要抬手去碰牧斐的脈搏，牧斐突然一個激靈，竟胡亂抓住了她的手，緊緊揣在懷裡，嘴裡喃喃喊著：「茵茵，別怕，我這就帶妳走。」

聞言，秦無雙震驚住了。

牧斐抓著她的手竟又睡過去了。秦無雙傾身湊過去，細細地用目光描繪著牧斐的五官，英姿俊朗、面如冠玉，原來十六歲的牧斐已然俊美的如此奪目了，她之前竟從未覺得。

「牧斐……是你嗎？」她低低地問。

牧斐精緻的唇角微微上揚，似有所知一般。

此時，門外傳來丫鬟們交談的聲音。「要不，再給小官人加點安神香吧，省得後半夜又醒來折騰……」

秦無雙忙起身要躲，手卻被牧斐牢牢抓住不放，試了幾下都沒能抽出來，聽著門外腳步聲越來越近，她只好翻身一滾，滾到了床內側，飛快鑽進牧斐的被窩裡，蒙住了頭。

門「吱呀」一聲開了，兩個丫鬟站在門口，妳推我、我推妳的，誰也不敢先進一步。僵持了好一會兒，兩人才一起往裡頭走來，匆匆忙忙找到了桌子上的狻猊小香爐，哆嗦著往香爐裡倒香灰。

也不知道牧斐是真糊塗還是假糊塗，秦無雙剛躲進被窩，就被他一把撈入懷裡緊緊抱住。突如其來的動作讓秦無雙嚇了一大跳，一時間掙扎了好幾下。

丫鬟聽見床上有動靜，齊齊轉頭看去，只見牧斐背對著她們，被浪起伏的，頓時嚇得失手打翻了香爐。「哐」一聲響，把床上的秦無雙驚得一動也不敢動了。

丫鬟以為牧斐又要發狂，趕忙撒腿逃了出去，躲在門外聽了好一會兒，見裡頭再無大動靜，這才離開。

秦無雙掀開被子，長吁了一口氣。

一轉頭，見牧斐那張人神共憤的臉就貼在眼前，溫熱的呼吸輕輕地噴在她的臉上。她眨了眨眼，心跳有些快，臉頰有些熱，過了好一會兒才平靜下來，用力將牧斐推開了一些，撐著身子坐了起來。

低頭一看，牧斐還抓著她的手。她嘆了一口氣，從身上摸出一根銀針，對著牧斐的虎口刺了下去。牧斐劍眉一蹙，旋即鬆開了手。她順勢按住牧斐手腕把了一會兒脈。

六脈似沈浮，又似動滑，又疾數不定，一時氣虛，一時陽虧，一時元損……

她竟從未見過這等脈象，難怪連宮裡的御醫都束手無策。瞧這狀況還真不像病症，難不成真是中了邪，被什麼東西纏住了？

若在前世，她還未可信，只如今重生了一回，輪迴報應一說，她已經信了幾分，加上方才牧斐那一句囈語，她便更加確信了。

下了床，替牧斐理了理被褥，她彎下腰，附在牧斐的耳邊道：「你一定會沒事的，等我。」

次日一大早，秦家老太太派人來傳秦無雙過去用早飯。

以往每逢五日，秦老太太便會在屋裡擺飯，同秦家所有孫子輩一同用餐，共敘天倫之樂。

秦無雙熬了夜，沒睡夠，起床後，精神懨懶了些，靠在椅子上任由蕊朱替她梳妝打扮。

及至一看，嫣紅百蝶穿花糯裙，茜色金絹掐牙長褙子，雙峰瀑布珠花鈿，腮若新荔粉嫩嫩，眼似秋波水靈靈，好個楚楚動人、嬌花照水芙蓉面——只是，太明豔動人了些。

「蕊朱，這樣不行，過於招搖了，快替我卸了吧。」秦無雙說著，就要去卸頭上的珠花。

蕊朱忙上手攔住，道：「小娘子躺了好些日子，一臉病態，只怕去了老太太那裡會嚇到她老人家，打扮得精神些，剛好能蓋住病氣。」

秦無雙想了想，覺得蕊朱說得有理，便也不糾結於此了。洗了手，喝了口熱湯，便起身往老太太屋裡去了。

將進老太太院門時，突然有一道人影從門內的遊廊裡閃了出來。定睛一看，是長房嫡女秦無暇。秦無雙向秦無暇問了好，正要錯身進去，秦無暇抬手攔住了她的去路。

「四姊姊有事？」

老太太嫡出有三子，長子秦光明，次子秦光輝，三子秦光景。秦無暇便是長子秦光明之女，因上有兩個哥哥，秦無窮，秦無盡，一嫡一庶，加上已出嫁的二房堂姊秦無音，秦無暇就是排行第四。秦無雙是三房嫡女，比秦無暇小兩歲，排行第五。她們下面還有兩個庶出二房堂妹，是排行六、七的秦無雪和秦無煙。

今日一聚，便是他們這六個孫子輩陪秦家老太太吃飯。

秦無暇上下打量了秦無雙一眼，臉上有掩飾不住的嫉妒之色，隨後翻了個白眼，語氣充滿幸災樂禍。「妳可知，祖母要將妳嫁去定遠侯府給牧家小魔王當妾室？」
秦無雙反問。「四姊姊是聽誰說的？」
秦無暇驕蠻道：「妳管我聽誰說的，總之我知道就是了。」
秦無雙面無表情地「哦」了一聲，直接進屋去了。
秦無暇見秦無雙竟然無視她，連忙氣呼呼地追了上來。一進屋，見大家皆已在座，祖母端坐在上席，立刻轉換臉色笑靨如花地上前，不著痕跡地將秦無雙擠到一邊，大大方方向老太太請了安。
秦無雙在一旁規規矩矩地跟著請了安。
老太太看了二人一眼，淡淡點了一下頭。
秦無暇快步走到左上席空位，殷勤地替老太太盛了一碗粥。
秦無雙如同往常一般，自行尋了最末的位子坐下，剛要落座，老太太就在前面對她招手喊道：「雙兒，來，過來祖母跟前坐著。」
秦無雙不明所以，卻又不好違逆，只好走到老太太身旁站著。老太太左右兩邊已經坐著長房的兩個兄弟和秦無暇，秦無雙總不好坐到長房兄弟那一排，那就只能坐秦無暇的位子。
秦無暇見狀，十分不情願地起身讓座，她轉身推了推旁邊座位上的秦無雪，秦無雪忙拉著秦無煙一起往後挪出了一個空位，秦無暇撇嘴落了座。
老太太拉著秦無雙坐下，一反常態地對她噓寒問暖了起來。秦無雙心裡疑惑，只是面上不顯，平靜地應對著。

屋裡的嬤嬤們開始有條不紊地擺上了飯菜和點心。

孫子輩一聲不吭地吃著早飯，吃到一半時，老太太突然問秦無雙。「雙兒今年可有十三了？」

秦無雙放下筷子答：「再過兩個月就足十三歲。」

老太太點了點頭，意有所指地嘆道：「的確是個小大人了，妳也該學著替妳爹娘分擔分擔了。」

至於分擔什麼，卻沒明說。

秦家從商，若要尋根究源，還要從秦家祖上是前朝御醫說起。據說後來經歷戰亂，新朝更替，祖上就隱姓埋名在民間開了間坐堂藥房，由於醫術精湛，患者紛紛慕名而來，賣了不少藥材，積累了大筆財富，之後便一間一間的展店，開成了赫赫有名的秦家藥行。

秦家後輩又利用藥行的基業開展了其他產業，因頗具生意頭腦，很快做得風生水起，直到秦家某位後輩娶了秣陵首富金家的嫡女，也就是現在的秦老太太，錦上添花後，秦家一舉成為汴都屈指可數的富商之一，其名下產業遍布茶行、布行、酒行、藥行、珠寶玉器行等。

秦家這輩嫡子三人，長子秦光明掌管秦家藥行、酒行和珠寶玉器行；次子秦光輝掌管著布行和茶行。

三子秦光景自小不喜商賈之道，只喜舞文弄墨，凡所誦之書，幾乎過目不忘，人皆稱他為「小神童」。秦家以為這是老天爺開了眼，給秦家送文曲星來著，雖說秦家富列名商，但商人地位終究上不了檯面，加上自太宗以來崇尚文治，朝廷大肆開科進取有才之士，是以秦家人把由商轉官的希望全部寄託在了秦光景身上。

而秦光景也確實不負眾望，年紀輕輕一舉及第，十五歲便高中一甲探花，孝宗皇帝當殿授了他一個從六品的應天府判官一職。可就在秦家闔府大樂、敲鑼打鼓地準備送秦光景上任之際，秦光景突然得了一種怪病——起初四肢無力、吞嚥艱難、飲水嗆咳、言語含糊，最後竟昏迷不知人事了。

秦家請遍了汴都城最好的大夫，皆搖頭嘆息說沒救了。後來孝宗皇帝得知此事，便命宮裡最好的御醫前來診治，但也無濟於事。

秦家只好一面為秦光景準備後事，一面找算命先生算了下，得卦說秦光景命不該絕，或可用喜事沖一沖。當時的秦光景也就剩一口氣吊著，那些曾經想要抓他回去當女婿的人家，一聽要來提親，都避之唯恐不及，就連窮苦人家的女子也不願嫁給秦光景，後來還是老太太剛從外面買來不久的一個賣身喪父的林姓丫頭，自告奮勇向她請命，說願嫁秦光景為妻。

說來也怪，林氏嫁給秦光景之後，秦光景的身體竟漸漸好轉，半年後就能下床了，只是身子依舊無力，需要人攙著，身體也較先前羸弱不少，說話大聲點氣就上不來。秦家人都以為秦光景只是在拖日子，誰知在林氏的悉心照料下，秦光景不僅活了下來，還和林氏生下一個女兒，便是秦無雙了。

秦光景雖活了下來，到底成了病弱人，做不了官，秦家由商轉官的路從此算是徹底無望了。秦光景因不懂商賈之道，身子又弱，只能在家養著。

秦家是個大家族，嫡出三子雖已各自婚娶，但並未分家。是以在外，秦家長房和二房分管店鋪；在內，由長房封氏主導，二房周氏協理。至於三房的林氏，身分卑微，只是個江湖賣藝的女子，死了父親無錢喪葬，賣了身才進來的，根本不懂中饋之術，自然在秦家是沒有地位的。

府裡的下人都精明得很，投機取巧、捧高踩低的。當著秦光景的面對林氏客客氣氣，背著秦光景又是另一副嘴臉了，而這一切都被秦無雙看在眼裡，隨著年紀漸長，她也慢慢知曉了一些人情世故，明白了一些道理。

從那時起，她就決定，做個父親喜歡的大家閨秀，做個祖母喜歡的乖孫女，做個自己期待的那個韜光養晦、能夠掌握自己命運的女子，有朝一日，能夠成為一棵能為父母遮風擋雨的大樹。

只可惜，前一世，她壯志未酬，在乎的人都先死了。重活一世，她初心未改，只是這一世，她一定要先護好雙親才行。祖母話裡的意思她自是清楚的，無非是在暗示她——牧家提親一事，讓她多為秦家的利益考慮。

她對老太太笑盈盈地點點頭，乖巧地說：「祖母放心，爹娘若想雙兒分擔家計，雙兒一定學著分擔，絕不會偷懶的。」

老太太聽了，也沒說什麼，只是深深地看了她一眼，似在探究她到底是真不懂，還是假不懂。

飯畢。秦無雙去秦光景房裡請了安，然後如同往常一樣，推著秦光景的輪椅去家塾上課。秦家家塾就在秦家大宅西北角落，在西邊院牆上單開一個便門，供合族中的孩子進來上學用。

秦家家塾也算是汴都頗有名氣的私學了，乃秦家始祖所立，族中子弟有力不能延師者，即可入此讀書。請先生用的膏火費皆是秦家歷任家主所捐，舉族中博學多才之人為塾師，只是秦家子弟歷來從商，精通的都是商賈之道，並無博學多才之人，故而一直都是從外面請那些德高望重、才高八斗的老先生為塾師。

直到秦家出了個秦光景，雖是病弱之身，但好歹是中過探花的「小神童」，只在家休養，委實可惜了些，合族便紛紛請求秦光景去家塾教書授業，提攜兩、三個子姪出來，望以後也能榮登榜第。

秦光景自是欣然應之。故自秦無雙五、六歲起，秦光景便帶她一起進家塾，名義上是照料他，實際上則是讓秦無雙旁聽，多學些文化知識。

課畢，秦無雙正要推秦光景回去，半路上早已站著一名青衫男子，年約十六、七歲，眉清目秀、一表人才，手裡還握著一個填漆雕花小木盒子。

第四章 談條件

一見秦光景父女出現，那青衫男子半是侷促、半是坦然地上前，先是對秦光景彎腰作揖。「學生楊慎問秦先生好。」又向秦無雙問了好。

秦家家塾裡除了本族子弟與一些親戚家的子姪們，還有幾個天賦不錯卻無力延師的外姓學子，專門撐門面用的，楊慎便是其中之一。用秦光景的話說就是「此子像極他當年，可望青出於藍」，因此越發用心培養楊慎。

秦光景虛虛抬手，笑問：「怎麼放學了還不回家？」

楊慎握著小木盒，低頭沒說話，方才的五分侷促頓時變成了十分，臉頰也莫名其妙地紅了。

秦光景見狀，心中了然。

楊慎對秦無雙心存愛慕一事，秦光景身為過來人，自然心如明鏡——一個是他的得意門生，一個是他的掌上明珠，他十分樂見其成，於是便笑著對秦無雙說：「雙兒，妳不用陪爹回去了，今日天氣甚好，可別辜負了春光明媚。」

秦無雙笑著應了聲。「嗯。」

目送秦光景離開後，楊慎這才敢抬頭看向秦無雙，只是這一眼，如同見著仙子下凡，嬌豔若三春之桃，高潔若九秋之菊，立即心醉神迷，如被勾了魂一般。

秦無雙只看著他不說話。

楊慎這才驚覺自己失態，忙斂了色，忐忑地問她。「雙兒妹妹，聽說牧家的人上門向妳提親了？」

「是有這麼一回事。」秦無雙漫不經心地答。

楊慎急切喊道：「不要嫁給他！」

「為什麼？」

楊慎扭捏不答，反將手中的木盒往秦無雙面前一遞。

秦無雙垂眸看了一眼，沒接，只問：「這是什麼？」

「打開看看。」

秦無雙眉尖微蹙，看著木盒沒動。

楊慎見秦無雙無動於衷，一時等不及，單手拖著木盒底，打開蓋子，只見裡面躺著一只月牙綠檀木梳。

楊慎鄭重道：「雙兒妹妹，只要妳願意等，待我明年及第做了官，定會風風光光上門迎娶妳。妳嫁與我後，我每天替妳梳髮綰髻，與妳共白頭，可好？」

前世，她知道楊慎對她是有幾分情意的，她也對楊慎心存好感，故而一直等他向她表明心意。只是等啊等，等到了他登科及第，等到了他至涿州做六品監察御史，娶了涿州知府家的嫡女。

秦無雙看了一眼木梳，笑得疏離。「木梳很好，人也很好，只可惜……我心中已有良人了，那個人不是你。」

楊慎臉色瞬間如死灰。

是日，秦無雙正在房裡獨自研究秦家藥行自產自銷的保胎丸，老太太身邊的徐嬤嬤忽然前來，說是老太太請她過去一趟，有事要談。秦無雙忙收起保胎丸，跟著徐嬤嬤去了。

本以為要去老太太屋裡，過了穿堂才發現是要帶她去前廳。

徐嬤嬤領著她站在前廳的後門，隱隱約約聽見前廳傳來笑聲，她正要抬腳進去，徐嬤嬤卻回身攔住，低聲道：「五小娘子，老太太的意思是讓您先在這裡等著。」

秦無雙便依言等著，徐嬤嬤則站在她旁邊。

透過雕花門，隱約看見前廳兩座太師椅上都坐著人，旁邊也站著人，看身影以女子居多。只消側耳細聽，廳內的談話聲便能悉數傳入耳內。

「沒想到我們祖上還有這等淵源，實在未曾想到啊。」牧老太君樂呵呵道。

「誰說不是呢。」聽著也是個老太太的聲音，中氣十足、鏗鏘有力，只是陌生。

「既如此，秦家與牧家倒也算得上是自家人，只是……就怕秦家門楣太低，攀不上牧家的高臺。」是大伯母封氏的聲音。

「這話說的都是些什麼，不過是賴著祖上虛名而已，哪裡比得上你們秦家，個個靠著真本事打出偌大的家業，還指不定是誰家門楣高得攀不過去呢！還盼你們別嫌棄我們魯莽。」語畢大家都轟然大笑了起來。

聽這話，秦無雙已經猜出來者是誰了。

封氏道：「話都說到這分上了，不如……三弟，你找個人去把雙姊兒叫過來見見吧。」

秦光景一口回絕道：「不見！」

「大嫂嫂說得是，那為何不將暇姊兒先送過去享福？」秦光景陰陽怪氣地反問。

氣氛一下子冷了下來。

半晌，封氏才勉強笑道：「三弟，雙姊兒要是能嫁去牧家，那就是享福的命……」

封氏不吭聲了。

對面坐著的倪氏忙向秦光景笑道：「三郎放心，五小娘子到了牧家，我們一定會善待她的——你看，這些聘禮就是我們牧家的誠意。」說著，身邊的嬤嬤捧著一個小托盤出列，托盤上放著一本紅緞聘禮單，那嬤嬤徑直送到了秦老太太跟前。

秦老太太身邊的大丫鬟接過聘單，打開遞到了老太太眼前，由於目錄太長，她竟一眼無法看完，過了許久，她才面色如常地挪開目光。大丫鬟會意，將聘單送到了長子秦光明手裡。

秦光明接過聘單打開看了起來，封氏在一旁伸著脖子瞧了一眼，這一瞧，臉上立時閃過震驚之色，不過好歹是富商嫡妻，雖驚訝，亦很快被她收斂住了。

大丫鬟將聘單又送到秦光景夫婦面前。秦光景畢竟是儒生，不敢在兩位老夫人們面前忤逆狂悖，卻也繃著一張臉不接聘單。

兩位老太太的目光同時移了過來，一旁的林氏頓感坐立不安，她見秦光景不去接聘單，只好瑟縮著身子接過來，展開後遞給秦光景。秦光景又將臉別開，林氏只好草草看了一眼便合上交還給大丫鬟。

這時，牧老太君向秦光景開了口。「秦三郎，可是有什麼不放心或有不滿意的，盡可說出來。」

秦光景滿腔鬱忿不敢言表，默了半晌才道：「我只是不想委屈了我的女兒。」

牧老太君好笑道：「這話是怎麼說的？若秦三郎不放心，我們牧家願三媒六聘、八抬大轎，風風光光地迎娶五小娘子進門，雖說是有沖喜之意，但她進了牧家大門，從此以後就是牧家的少夫人，絕不會委屈她的。」

「話雖如此，可是……」秦光景還要說，秦老太太忽將茶盞重重擱在几上。秦光景頓時不敢再言了，只將雙拳放在膝上隱忍著。

秦老太太這才不疾不徐地笑著說道：「雖說婚姻之事，一向都是父母之命、媒妁之言，不過我們秦家家風還算開明，兒女之事，還是得問過兒女的意思才行——景兒，你覺得呢？」

秦光景猛地抬頭看向母親，似乎一時不敢相信——想了想，心中一喜，以為老太太是在為孫女留餘地，便點頭同意了。

徐嬤嬤這才請秦無雙進去。

秦無雙從後門進了屋，先向祖母及伯嬸、雙親見了禮。

秦老太太喚她到面前，為她將牧家老太君和倪氏介紹了一番，秦無雙又至二人跟前見了禮。

牧老太君一見秦無雙眼睛都直了，彷彿秦無雙身上有什麼魔力，竟叫她移不開眼地看了又看，又見她舉止落落大方，容顏清麗脫俗，心裡頓時喜歡得不得了，忙拉至跟前又細細打量了一番，嘴裡道著：「好、好，這一看就是個好孩子呀……」倪氏倒是不以為然，但因她有求於人，只得跟著堆笑點頭。

秦老太太道：「雙兒，方才妳應該都聽見了，牧老太君親自上門提親，看中妳去做牧家的少夫人，祖母想問問妳的意思。」

秦無雙卻道：「回祖母，雙兒……還不想嫁。」

此言一出，眾人俱是一驚，面面相覷了起來。

在座的心裡都有數，秦家老太太表面上雖說是問子女的意思，但哪會真的按照子女的意思來，不過是走個過場，突顯一下自己治家有方而已，子女自然應該明白秦老太太的意思，投其所好才是。更何況，以秦無雙的身分去做牧家少夫人，根本就是高攀了，竟還有不情願的？

「這是為何？」秦老太太的臉色不由得沈了幾分。

秦無雙低眉順眼道：「一來，雙兒年紀還小，還想留在爹娘身邊盡孝兩年；二來，聽說……牧家小官人風流成性，家中侍妾眾多，雙兒過門未經他首肯，倘若他醒來，只怕不認，我便與那些侍妾無異，倘若他醒不來，雙兒只怕……」

一語未了，便被倪氏怒然打斷，指著秦無雙道：「妳還沒過門呢，怎麼就開始咒起我家斐兒來了，誰說他醒不……」話未完，就見牧老太君轉頭瞅了她一眼，警告之意甚是明顯，倪氏只好忍氣吞聲閉了嘴。

其實，兩家長輩明面上看似有說有笑、一團和氣，背後卻各自打著各自的算盤。牧家想要秦無雙過門給牧斐沖喜，無非是想救牧斐；秦家想要秦無雙嫁給牧斐，無非是想攀附牧家的權勢。除了真正愛女兒的秦光景夫婦，誰也不會去在乎秦無雙的想法和顧慮——因為根本不必在乎。

可秦無雙偏要替自己的命運爭上一爭。

牧老太君一手端起茶杯，一手捏著茶蓋慢悠悠地拂著茶沫，時不時地吹了吹，半晌不說一句話，卻莫名地讓在座的人都懸起了一顆心。

秦無雙這才領教到什麼叫做不怒自威。

之前，她覺得祖母喜怒不顯、睿智深沈，是經歷過大風大浪的過來人，是絕頂厲害的老人家，今日在牧老太君面前，高低一下就見了分曉。牧老太君對人展笑時，讓人覺得倍感慈和親切；但若對人神色莫辨時，則讓人覺得千斤壓頂、心生敬畏。

一時，就連秦家老太太都不由得坐直了身體，剛要開口緩和一下氣氛，牧老太君就悠悠地開了口。「沒想到五小娘子看起來年紀輕輕，心裡竟如此老成通透。」

這話說的，乍聽是讚，細聽是諷，換做一般人，只怕舌頭都會嚇得打了結。要知道以牧家今時今日的身分地位，願意給你臉面，那就是相敬如賓，你好我好；不想給你臉面，那就是仗勢倚貴，由不得你。

秦家人已有些慌了，紛紛向秦光景使眼色，希望秦光景能夠開口轉圜一下，畢竟秦無雙平時最聽秦光景的話，然而秦光景卻只是垂眼不言。

秦無雙迎著牧老太君壓迫性的目光，不卑不亢地說：「牧老太君謬讚了，無雙只是想活得無愧於心而已。」

牧老太君端著茶杯看向秦無雙，精明的眼睛裡一時讓人捉摸不透心想為何，過了好半晌，她才放下茶杯，笑了起來。「好個無愧於心——那今日我便當著兩家人的面，許妳兩個安心。」

秦家人一聽，面面相覷。

秦老太太不由得問：「何為兩個安心？」

「第一個安心是我回府後，親手寫下婚書，畫了斐兒的押一併送來。有此婚書，五小娘子就是斐兒名正言順的嫡妻，斐兒認也得認，不認也得認。」

牧老太君說完，見秦無雙垂著眸，面色無波無瀾，心中微微訝異，又道：「第二個安心，則是五小娘子過我牧府時，我們也不張揚，只用一頂小轎接五小娘子從側門過府，若是斐兒醒了，便擇個吉日為你們訂婚，待五小娘子及笄後再完婚；說句不吉利的，若是斐兒……真命薄去了，我便命人用一頂小轎將五小娘子悄悄送回來，聘單之禮盡歸秦家，五小娘子亦保全了清白之名，如此可使得？」

秦家人一聽，又驚又喜。這樣的條件對秦家而言，簡直是穩賺不賠的好事。

可秦無雙依舊猶豫不定，皺著眉頭似有所思。

封氏見狀，心裡急的，也顧不得得體不得體了，便向秦無雙催促道：「雙姊兒，這麼好的事情妳還在猶豫什麼呀，趕緊應了啊……」

秦無雙卻向牧老太君道：「此事，可否容我再考慮幾日？」

牧老太君突然站了起來，嚇得廳內，眾人也全部跟著站了起來。

牧老太君盯著秦無雙瞅了一會兒，才冷笑道：「謹慎是件好事情，不過這謹慎的分寸若是掌握不好，那可就弄巧成拙了。我今兒個就把話說明白了，縱使妳想考慮，我家斐兒卻是等不起的——好自為之吧。」

說完，牧老太君轉身就要走，秦家人的臉色齊齊變了。

秦家老太太忙起身要送，牧老太君不容置喙地對她道：「老姊妹，留步吧。」

秦老太太只好止步，只用眼神示意秦光明夫婦出門相送。
廳內很快只剩下秦老太太、秦無雙和秦光景夫婦。
秦老太太跌回椅子裡，臉色陰沈。秦光景見狀，開口想解釋。「母親，茵茵她還小……」
秦老太太抬手打斷。「你們先下去，我有話同雙姊兒講。」
「母親……」
「徐嬤嬤，送他們出去。」
徐嬤嬤忙上前擋在秦光景面前。「三爺，老夫人正在氣頭上呢，回吧。」
秦光景不敢吭聲，只好對秦無雙強扯出一抹笑意，安慰道：「茵茵，別怕，有爹在……」林氏看著秦無雙，眼裡千言萬語都化作了無能為力的歉意。
秦無雙頷首，對秦光景和林氏甜甜一笑道：「爹娘放心吧。」
秦無雙一直目送著秦光景夫婦出了門，才聽見秦家老太太冷笑著問：「說吧，妳想要什麼？」
秦無雙回過身，垂著眼，一副恭敬乖順的樣子。「祖母的話，雙兒不明白。」
秦老太太瞅著秦無雙道：「秦家這幾個女孩裡頭，平日妳看起來最是乖巧溫順、不聲不響的，實際是個藏愚守拙、心性最烈的主兒。妳不願意的事情，直接回絕了就罷，哪還會裝模作樣的留餘地——無非是在和牧家談條件罷了。我看得出，妳並非不願意進牧家，既然牧家給了妳最好的退路，妳卻還要挑戰牧老太君的權威，寧可激怒她，也要秉著不應——這就說明，妳還想和秦家談條件。」

秦無雙心裡委實對自己的祖母佩服得五體投地，竟能將她的心思揣摩得如此透澈。

確如祖母所想，她會嫁進牧家，但嫁過去之前，她必須讓自己擁有以後能夠在牧家立足的條件。倘若牧斐和她一樣，記得前塵往事，那一切或許還好說；倘若他不記得，那她嫁過去，以後的日子必定難過。

牧家婚書只是她理直氣壯的根本之一而已。

此外，她故意挑戰牧老太君的權威，就是為了借勢壓著秦家，秦家一急，自然有求必應。

「祖母既然明說了，雙兒也不想瞞了，雙兒的確想求祖母幾件事。」

「先說說看。」

秦無雙道：「我去牧家後，還請祖母讓曹嬤嬤來主持三房裡的一應家計。」

曹嬤嬤原是秦光景的奶娘，秦光景及第時，曹嬤嬤曾風光一時，人人都說她奶得好；秦光景生病後，曹嬤嬤受人詬病，人人都說是她的奶出了問題，再不受人待見了。後來封氏找了個理由把她從三房喚去了廚房打雜，連秦光景都要不回來。秦無雙小時候總愛生病，曹嬤嬤見了說是沒補到有養分的東西，便去城外山上挖野參給她補身子，卻不小心摔斷了腿，從此落下腿痛的毛病。若說秦家有誰是真心為秦光景和秦無雙好，也就曹嬤嬤了。

秦老太太是個精明人，一聽秦無雙這麼說，便猜出三房平時過得並不如意，嘆道：「妳放心吧，之前是我的疏忽，以後不會了，我會讓曹嬤嬤去三房主持家計。」

「第二件就是……我想要秦家全部的藥行做嫁妝。」

第五章　怎麼是妳

秦老太太聽了，十分不解。「妳要藥行做什麼？那些店鋪哪裡比得上真金白銀？」

秦無雙坦然道：「真金白銀遲早會坐吃山空，但藥行只要經營得當，便是長久之道。」

前世因秦家藥行上貢的保胎藥出了問題，害得皇后娘娘一屍兩命，也導致秦家慘遭滅門、無辜的爹娘跟著一起遭殃。她一定要查出保胎藥一事，不過，在這之前，她必須把整個秦家藥行掌控在手中才行。

秦老太太上上下下、仔仔細細地端詳著秦無雙，像是重新認識她這個孫女一般，眼裡有欣賞，也有疑惑。「沒想到妳竟有這樣的志氣，只是妳一個女孩子家，不懂商賈之道，更不懂醫藥之理，妳要如何經營這些藥行？」

「這就不勞祖母費心了，雙兒自有法子。」

自從前世她被牧斐壞了閨名，再無人敢娶她後，她就有了侍奉爹娘終老的心思。後來，她想辦法向祖母討得兩間藥鋪腳店，也是靠著經營那兩間腳店，才讓爹娘過上再也不必看人臉色的日子。

秦老太太低頭思索了半晌，才道：「妳倒真是有幾分膽量氣魄，倘若妳是男兒身，倒是秦家的福氣了——也罷，就如妳所願。」

雖說秦家以藥行起家，但因經營藥行需通醫理和藥理，還是個苦差計，秦家後輩不願意學習醫藥之理，便漸漸不再重視藥行了。現在秦家雖還有十三家藥鋪，卻早已開始走下坡了。

秦老太太心想著，秦無雙進牧家，總不能讓對方看輕了，嫁妝自然不能太隨便。秦家藥行裡子雖已空了，但明面上還是塊響叮噹的招牌，足以撐起秦家人的體面，倒不算賠本買賣。

秦無雙謝過，又道：「這一請是對牧家的，若要無雙嫁進牧家，牧家須先允諾無雙過門後不得干涉無雙經營生意，且答應無雙生意上所得淨利盡歸無雙所有。」

秦老太太為難道：「這個恐怕……」

秦無雙斬釘截鐵道：「祖母放心，為了牧小官人，牧家一定會答應的。」

秦老太太沈吟道：「我只能盡力替妳爭取。」

「最後一請。」

秦老太太皺眉，隱隱不悅。

秦無雙忽然撩衣跪地，朝秦老太太跪拜叩首，鄭重道：「還請祖母好生保重身體，保住秦家繁榮昌盛。」

本來秦老太太心裡鬱結，十分不自在，總覺得被一個小輩挾制住了，現在見秦無雙真心實意地請她保重，心頭不由得泛出幾絲感動，嘆道：「這才是秦家的好孩子，起來吧。」說完，欠身虛扶了她一把。

秦無雙起身，秦老太太又拉著她的手，說了些秦家榮辱皆繫在她身上、望她盡力保全的話。

秦無雙一一應了，回去後又與爹娘敘了一番，難捨難分了半日。

當夜，秦無雙拜別宗祠後，便乘著牧家派來的一頂華貴軟轎，悄悄從牧家側門進了定遠侯府。

秦無雙穿戴著珠釵花冠、交領廣袖金鳳滾邊綠嫁衣，手持團扇遮面，由蕊朱和牧家的一個丫頭攙扶著過了房門檻。進了堂屋後，嬤嬤便在門外喊著讓丫鬟們退下，蕊朱只好輕輕拍了拍秦無雙的手，跟著一起退了出去。

聽見門被關上的聲音，秦無雙隨手將團扇扔在桌子上，四下看了看。

按照牧老太君的安排，她進府無須大張旗鼓，但畢竟是沖喜，新房總要有點喜慶的樣子。牧斐的院子裡張燈結彩，屋內也佈置著紅簾喜幔，高堂之上，燙金紅雙喜，供案兩端，通天紅高燭。

牧斐亦是穿著一身新郎官的大紅交領廣袖金龍滾邊喜袍，安安靜靜地躺在床上。

她走過去在床沿坐下，歪頭端詳著牧斐，心裡一時說不出是喜還是憂。

床頭邊的小几上放著一盆熱水和巾帕，她拿起帕子沾了水，替牧斐擦洗了臉，接著又擦起了手。

擦著擦著，牧斐竟如上次一樣，又抓著她的手不放了，她那顆無處安放的心才稍稍定了幾分。

轉眼，三日已過。

這日天剛破曉，牧老太君就起床了，給佛龕上的觀音菩薩上了三炷清香，念誦了一回《地藏經》，便要去看牧斐。

此時，倪氏帶著一群丫鬟、嬤嬤急匆匆地進屋請安，並說道：「老祖宗，方才我喚斐兒房裡的聞香問了問，她說秦無雙自進屋後連衣裳都沒換，就在床邊一直守著斐兒，一應吃喝拉撒都是她帶來的那個丫鬟伺候著，還說秦無雙一直拉著斐兒的手沒放開過。」

牧老太君道：「這樣豈不是再好不過？原本以為秦家丫頭過門後會對斐兒冷冷淡淡的，這會兒聽說她如此上心，我這心中大石也就能放下了。」

倪氏又道：「說來也奇怪，自從秦無雙進門後，斐兒竟再也沒發過狂病，只是沈睡不醒。瞧這情況，也不知道是好苗頭，還是壞苗頭？」

牧老太君聽了，沈吟道：「是好是壞，先去看看再說。」

說著，一行人便往牧斐房裡去了。

彼時，秦無雙趴在床沿睡得正熟，突然手被拽了一下。她迷迷糊糊直起身子，睜開眼睛一看——牧斐不知何時醒了，正坐在床上，拉著緊握了她三天的手到眼前看了看，然後將目光移到她臉上。

秦無雙大喜過望，只是想問的話還未說出口，就見牧斐如被蛇咬一般，急忙甩開她的手，往後退坐了一步，充滿防備地指著她，又驚又疑道：「妳妳妳……怎麼是妳？」

秦無雙盯著牧斐看了一會兒，那喜色剛上眉梢，頓跌眼角，負了一片春光明媚，徒留了然神傷，只能苦笑著嘆息一聲，道：「是我，秦無雙。」

牧斐見秦無雙一身交領廣袖金鳳滾邊嫁衣，瞪大了雙眼，往四周一看，紅通通的一派喜慶佈置，垂眸再看自己，亦是一身交領廣袖金龍滾邊大紅喜袍。

他忽然明白了什麼，緊盯著秦無雙問：「妳怎麼會在我房裡？」那眼眸裡有震驚、戒備、敵對，唯獨沒有半點眷戀。

秦無雙淡淡地道：「你快死了，聽說只有我能救你，你們牧家便把我求來替你沖了喜。」說著，她自嘲地笑了笑，道：「如今看來，果真有些用處。」

牧斐不信，忙掀開被子下了床，提著鞋子就往外跑，一面大聲喊：「來人！快來人！」門一打開，一個碧衣女子衝了進來，和他匆匆打了個照面，牧斐見十分面生，不禁愣了一下。

女子二話不說，繞開牧斐就往門裡鑽，牧斐這才反應過來那是秦無雙的丫頭。

門外，早有一眾丫鬟、小廝們候著，但他們只是站在那裡看著牧斐，眼神跟見鬼似的，一副想跑又不敢跑的樣子。

「這都怎麼了？」牧老太君和倪氏正好進了門，一眼看見滿院子的丫鬟、小廝們站在那裡不動。

他們一聽見牧老太君的聲音，如遇救兵，紛紛鬆了一口氣，退到了兩邊。

牧老太君和倪氏這才看見呆立在門內的牧斐。

然而，下一瞬，他便像一陣風似的衝了過來，抱住牧老太君大喊：「老祖宗，這到底是怎麼一回事啊？」

起初，眾人見牧斐衝了過來，以為是狂病又發作了，牧老太君和倪氏也嚇了一大跳，眼看那些小廝就要上來拿住他，他一開口，眾人俱是一愣，你看我，我看你的，不知現在是什麼情況。

牧老太君不太確定地喚了一聲。「可是斐兒？」

牧斐莫名其妙。「祖母這是怎麼了？不是孫兒還能是誰？」

眾人一聽，吐字清楚、條理清晰、神智明朗，頓時一片歡欣。

牧老太君忙拉住牧斐的手，熱淚盈眶，一面點頭連說：「好、好、好呀，我的斐兒總算回來了啊！」

倪氏在一旁抹著淚說：「斐兒啊，你終於清醒了，可把為娘的嚇壞了。」

她將這些日子發生的事情斷斷續續說了一遍，至此，牧斐終於弄清楚事情的原委了。

得知秦無雙成為了自己的妻子，正確來說應該算是過了門的未婚妻後，牧斐簡直渾身都不對勁了，他指著房內向牧老太君抱怨道：「好祖母，您找誰沖喜不好，偏找秦家那個母夜叉來，可真會要了孫兒的命呀。」

牧老太君嗔怪地瞅著他，道：「少胡說，你這次能醒來，還多虧了秦家五娘子，你可不能過河拆橋，一醒過來就嫌棄人家。什麼『母夜叉』，我看秦小娘子個性極為溫婉，怎會要了你的命？」

牧斐極力辯解道：「那是祖母沒有領教過她的厲害，祖母可知她甩人耳光，險些能將人的腦漿甩出來？」

「胡說八道，她一個女孩子家，能有多大力氣，還將人腦漿甩出來？你可是領教過？」牧斐剛要承認那是他的切膚之痛，可轉念一想，他一堂堂爺兒們竟被秦無雙甩了耳光，那豈不是顏面掃地？只好支支吾吾道：「……沒、怎、怎麼可能。」

「那就是說你撒謊，故意捏造是非？」

「……我沒說謊，我、我是看見她甩了別人耳光……」

牧老太君一本正經地反問。「那你且說說，你是在何時、何地看見她甩了何人耳光？」

牧斐：「……」他一時語塞，求救地看著倪氏。

倪氏忙笑著解圍。「老祖宗，斐兒剛醒，想來是無聊至極，跟您開玩笑解悶呢。」

牧老太君卻繃著臉道：「再無聊也不能拿女孩子家的名聲開玩笑，女子閨名若壞了，那可是一輩子的事情，有多少女孩子為這閨名尋短呢。如今秦家五娘子既然過了門、進了你的屋，無論你接受不接受，都得厚待人家一輩子。」

牧斐大抵沒想到女子閨名竟這般重要，臉上半是心虛、半是不情願，卻也不敢再多說什麼，只管垂著頭。

牧老太君見狀，心裡已知這門婚事牧斐是不願意的，如今卻由不得他反悔，只強硬道：「你既醒了，我們牧家也該守諾，一個月後，將會為你與秦家五娘子舉行訂婚，將這樁婚事明了，待她及笄，你們再行大婚，你好生準備準備。」說完，也不給牧斐說話的機會，便進屋裡去看秦無雙了。

牧斐百般不願，正要申辯，卻被倪氏一把拉住，低聲囑咐道：「兒啊，你先別著急，此事日後我們再慢慢商量，但此刻千萬不要和你祖母硬槓啊，你祖母眼下一定是站在秦無雙那邊的。」

牧斐想想也是，只好按捺住不平，跟在後面一齊進了屋。

牧斐所住正屋寬五間，中是堂屋，西屋兩間，東屋兩間，平日牧斐都睡在西屋暖閣裡。眼下，只見蕊朱站在東屋門外，對著牧老太君行禮。

「妳家小娘子呢？」

蕊朱道：「回老夫人，我家小娘子說守了幾日，乏了，現已睡下了。」

牧老太君聞言，抬手挑起軟簾，從房內看去，果然見秦無雙已經躺下了。牧老太君心裡清楚，這幾日秦無雙一直寸步不離地守著牧斐，如今見牧斐這般態度，小丫頭心裡估計早已寒透了。

她道：「那就讓妳家小娘子好好歇著吧，想吃什麼、喝什麼，儘管跟下人們說，就把這裡當成自己家，千萬別生分了。」

蕊朱應了。

牧老太君轉身拉著牧斐的手出去了，蕊朱瞧老夫人一直將人拉出院門，想必是往她屋裡去了，便轉身回房，坐在床邊嘮嘮叨叨地替秦無雙抱了半晌的不平。

誰知，低頭一瞧——但聞鼾聲起，人竟早已睡熟了。

牧斐在牧老太君房裡聽完一通教訓，本來還抱著三分愧意，一時間全都變成了怒氣沖沖。回來之後，重重摔了東屋門，把正在房裡做繡活的蕊朱嚇了一大跳。

蕊朱還沒來得及起身問候，牧斐就已大步流星地跨到床邊，他見床上之人照睡不誤，怒氣沖沖頓時成了怒火滔天，他洩憤似的，一把掀開秦無雙的被子扔到了一邊。

秦無雙這才悠悠轉醒，一轉頭見牧斐咬牙切齒、氣急敗壞地瞪著她，不由得長嘆一聲，扶額坐起了身。

「秦無雙，妳死了這條心吧，小爺我是絕對不會娶妳的。」牧斐劈頭就對秦無雙喊。

秦無雙下床穿了鞋，起了身，看也沒看牧斐，一面往桌邊走，一面說：「想不想娶我，不是你說了算，也不是我說了算，而是你們家老夫人說了算。此刻，你跟我在這裡嚷，半點用也沒有。你該求的是你家老祖宗，但凡她老人家同意了，我立刻滾。」說完，她已來到桌旁落了座，蕊朱趕緊過來替她倒了一碗茶遞上。

「我自會跟祖母說，我就不信她不答應。」牧斐哼道。

「她老人家若是答應了，你此刻還會在這裡跟我大聲嚷嚷？」

牧斐聞言，臉都綠了。

秦無雙端著茶杯，輕輕晃了晃，不疾不徐道：「也許久了，她老人家會鬆動……不過，容我提醒你一聲，在我進門之前，牧家老太君為了怕你醒來反悔，已經親手寫好你我的婚書，按了你的手印，送到了秦家。此刻你想悔婚，還得問秦家答不答應！」

「秦無雙，妳休得唬人！」

「是不是唬你，問問你家老夫人自然可知。」

見秦無雙如此篤定，牧斐心裡忽地一慌，覺得此事十有八九是真的，如此一來，想要悔婚豈不是難上加難。本以為嚇唬一下秦無雙，就能讓她知難而退，自個兒去跟祖母退婚，可這會兒瞧她話裡的意思，秦家人是擺明要賴上他了。

他氣呼呼地轉身往外走，走到門口時，想了想，覺得此事還有商量餘地，便又頓住腳步。

「妳到底想要什麼？」他怕秦無雙不懂，又補充了一句。「妳到底想要多少錢才肯走？」

他認定秦無雙願意為他沖喜，要麼是為了牧家的權勢和錢，要麼就是為了報復被他戲弄之事。他怎麼想都覺得秦無雙不可能只為了報復他，就將自己的一生賠上，所以為了前者而來的可能性大多了。

秦無雙抬眼，看了牧斐一會兒，反問道：「我若要，你可給得起？」

牧斐挑眉。「我牧家家大業大，又是皇親國戚，怎會給不起？」

當今太后牧花朝是他姑祖母，手握軍權的樞密院使金長晟是他舅爺，鎮守雁門關的威武大將軍是他父親，再加上已故先皇后是他親姑姑，他們牧家的確算得上是富貴滔天的皇親國戚。

秦無雙好笑道：「牧家家大業大，哪裡是你小官人一個人的東西？」

據她所知，牧家老太君膝下嫡出有兩兒一女，長子牧守業，乃牧斐生父，世襲三代一等定遠侯，目前正在北境鎮守雁門關；一女牧文繡，乃當今皇上嫡妻皇后，兩年前因病薨逝；幼子自小病故。庶子牧懷江自幼喪母，因和老太君幼子年紀相仿，便放在身邊當成幼子養大；另一名庶子牧懷楓如今已經分出府自立門戶了。

現下府裡由牧懷江主外，倪氏主內。

牧家嫡派傳承下來，一向支庶不盛。到了牧守業這一代，雖娶了江洲指揮使嫡女倪氏，又娶了兩房姨娘——劉氏和杜氏，然而子嗣依舊單薄。

嫡妻倪氏原本生有兩兒一女——長子牧重光，原是個前程似錦的人，文武雙全，相貌堂堂，深得牧守業喜愛，乃是整個牧家的希望和未來，不料幾年前因為一場大病沒了。

幼子牧斐，別的孩子一出生就哭，唯他一出生就笑個不停。牧老太君信佛，一見他笑如彌勒，便認定是有靈性的，疼愛得不得了。倪氏因痛失長子，對他更是百依百順，縱得他小小年紀，就已經橫成了汴都一霸，氣得牧守業每每回汴都，見一回，揍一回。

至於幼女牧婷婷，年方十二，到姑蘇學藝去了。

二姨娘劉氏生了庶子牧重山，年方二十一，跟著牧守業鎮守雁門關；庶女牧萍萍，年方才十一。

三姨娘杜氏乃是多病之身，膝下一直無所出。

據說牧家祖上牧融因屢建功勛，本被先皇賜封國公，卻被他拒絕了，不僅如此，他還向先皇請求，牧家侯爵從他往下世襲三代即止，也就是說定遠侯的爵位，只能世襲到牧守業這一代。

所以說，到了牧斐這一代，還指不定怎麼著呢……

第六章　下馬威

牧斐一時語噎，瞪著秦無雙半晌才擠出一句話來。「……妳果然不是個善茬。」說完，頭也不回地走了。

蕊朱傻住了，趕緊跑到門口伸長脖子看，見牧斐徑直走了，她急喊道：「小娘子！」

秦無雙不甚在意地甩了甩手，道：「由他去就是。我餓了，傳飯吧。」

夜裡，西屋靜悄悄、黑漆漆的，丫鬟也沒進去伺候，儼然是牧斐一夜未歸。

秦無雙照吃照喝照睡，一覺睡到了日上三竿。她坐在床上，伸了個大大的懶腰，這一覺真是睡得她通體舒暢。

轉頭一看，四下不見蕊朱。

「蕊朱？」

蕊朱聞言，慌忙從外面小跑進來，見秦無雙終於醒了，似鬆了一口氣，旋即又皺起眉，服侍秦無雙起床梳洗。

「妳這是怎麼了？一副大難臨頭的模樣。」秦無雙隨口問。

蕊朱剛想開口說話，外面的人聽見裡面有動靜，便自發地魚貫而入。為首的是一位穿著打扮講究的老嬤嬤，身後跟著一票小丫頭，大約有七、八個。

「問秦小娘子的安，小的來伺候秦小娘子洗漱更衣了。」老嬤嬤草草欠身道，丫頭們緊跟在後欠身行禮。

秦無雙看著眼前烏壓壓一群人，愣了愣，旋即擺手道：「不必了，洗漱更衣有我自己的貼身丫頭伺候，妳們且退下吧。」

老嬤嬤聞言，並不動，身後的丫鬟們見老嬤嬤不動，俱是垂頭不敢動。

秦無雙見狀，頓時心中明瞭。這票人想必不是伺候她來著，而是要給她下馬威。她兀自走到妝鏡前坐下，示意蕊朱梳頭，一面問：「嬤嬤可還有事？」

嬤嬤見秦無雙絲毫沒將她們放在眼裡，心中一下來了氣，說話都帶著幾分咄咄逼人。「秦小娘子，您可知現在是什麼時辰了？」

秦無雙瞥了一眼窗外，冷笑一聲。「不如嬤嬤來告訴我？」

嬤嬤道：「現在是巳正二刻。」

秦無雙點了點頭，表示知道了。

那嬤嬤見秦無雙仍一副無所謂的樣子，不由得橫眉冷哼道：「原來秦家就是這樣教女的，身為晚輩，竟不懂一早須向長輩們請安，只顧著睡懶覺，沒半點大家閨秀的教養。」

秦無雙轉頭，看著那嬤嬤的嘴臉，輕笑一聲反問。「敢問嬤嬤是？」

老嬤嬤昂首挺胸地接過話。「我乃夫人身邊的呂嬤嬤，特受夫人囑託，前來做秦小娘子的教引嬤嬤。」

秦無雙眼一瞅，半分笑也沒有道：「所謂教引嬤嬤，是專門為自家未出閣女兒教導禮儀之人，嬤嬤既是牧家的教引嬤嬤，怎麼不去教引牧家未出閣的女兒，偏要來教導我這個已過門的新婦——怎麼，難道呂嬤嬤不滿我這個未來的少夫人？」

呂嬤嬤一聽，背上竟被嚇出涔涔冷汗來，方知眼前這一位看著年紀小，可絕不是位好惹的主兒，現下搬出少夫人的架子來壓她，不得不服，只得垂下頭賠禮道：「老嬤嬤不敢。」

秦無雙卻不依了，氣已沈了五分，怒已動了五分。「我秦家自有秦家之法教女，還容不得一個外人說長道短的。我不說妳們目無尊卑，妳們倒還先說我不知禮數了，試問，到底是誰更沒有教養些？」

如此一反問，嚇得一眾小丫鬟們齊齊跪地，磕頭求饒道：「秦小娘子恕罪。」

呂嬤嬤見狀，也只好跟著跪下。「求秦小娘子息怒。」

小丫頭們心裡想著，秦無雙畢竟是新過門的媳婦兒，雖是養媳，但好歹也是她們的主子，尤其救小牧爺有功，萬一找老夫人告狀去，她們只會吃不完兜著走，實在招惹不起。

唯獨呂嬤嬤心裡想著：再厲害有何用？看我不去夫人面前告妳一狀。

秦無雙這才揮手道：「罷了，妳們都退下吧。」

呂嬤嬤卻說：「我們這些人都是受了夫人之命，以後要跟在秦小娘子身邊伺候的。」

秦無雙起身，走到呂嬤嬤跟前。

呂嬤嬤心裡一抖，明明只是一個小丫頭，個頭也沒她高，不知為何，竟逼得她不由得退了一步。

秦無雙冷笑了一下，轉而走到一個穿著黃衣裳、梳著單螺髻的丫鬟面前。看她穿著與其他丫鬟不同，更為精緻講究，應該是府裡的一等丫鬟。「妳叫什麼名字？」

「奴婢半夏。」聲音倒是溫和，肌膚微豐、五官清秀、面含淺笑，觀之也可親。

「妳呢？」她轉眸看了一眼半夏身旁微微瑟縮著的粉衣丫鬟問道。

那丫鬟小聲答：「奴婢青湘。」

秦無雙笑著點頭。「那就妳們兩個留下，其他人都回去吧。」

呂嬤嬤剛要開口說話，秦無雙率先打斷她道：「呂嬤嬤，請代我謝過夫人好意，無雙人微權輕，擔不起這麼多人伺候，只留兩個便已足夠，待我更衣後，自會前去請安謝過。」

她這話半是客氣，半是拒絕，竟說得呂嬤嬤無言以對，只好帶著其他丫鬟退了出去。

半夏見人都退了去，笑著上前，卻是問蕊朱。「蕊朱妹妹，有什麼需要我幫忙的，儘管開口。」

青湘連忙跟著道：「我也是。」

蕊朱不敢回話，只看著鏡子裡的秦無雙等待指示。

秦無雙道：「從此以後，妳們二人就是我的人，只怕需要妳們幫忙的事很多，也不急在一時。妳們日後就與蕊朱睡在東邊的耳房。蕊朱負責釵釧梳洗，半夏負責更衣沐浴，青湘就負責茶水吃食，至於掃灑粗活已有小宮人房裡的人了，就不必多費心了。」秦無雙客氣地對著鏡子裡的幾人笑著說：「總之，以後還得煩勞妳們多照顧。」

半夏、青湘聞言，趕忙垂首後退半步，誠惶誠恐道：「秦小娘子言重了，照顧好您是奴婢分內之事才對。」

交代完，秦無雙便吩咐半夏、青湘先下去整頓一番。

二人剛走，蕊朱忍不住問：「小娘子，您就不怕她們二人也是夫人的人？」

「她們的確是夫人的人。」

「啊？」

「不過現在是我的人了啊。」

「……」蕊朱聽了這話，不知道是該哭還是該笑。

秦無雙笑著說：「妳放心吧，我知道妳在擔心什麼。妳家小娘子別的沒有，看人的眼光還是有的，半夏和青湘雖是從夫人那邊過來的，卻只是一般的丫頭，並非呂嬤嬤那樣的心腹。倪夫人派心腹過來，只是想給我立立規矩而已，並非對我有所圖謀，犯不著同時撥好幾個心腹過來。」

蕊朱豁然開朗，連連點頭。

秦無雙看了鏡子一眼，對正在上妝的蕊朱道：「今日臉上不施脂粉。」

蕊朱訝然道：「小娘子一會兒不是要去向老太君和倪夫人請安麼？不施脂粉豈不是讓人

看了憔悴？」

秦無雙神秘一笑道：「就是要她們見了憔悴，且越憔悴才越好呢。」

蕊朱雖不解，卻也依言照辦了。

秦無雙只穿了一件素雅至極的衣裳，脂粉未施的就去了牧老太君屋裡請安，恰好倪夫人也在，身邊還跟著那個呂嬤嬤。見她進來，呂嬤嬤用一副「等著瞧」的眼神瞅著她。

「咳咳……」秦無雙在蕊朱的攙扶下進了屋。

牧老太君和倪夫人，一個坐在榻上，一個坐在椅子上，正聊著，聽見咳嗽聲，牧老太君忙問：「妳這是怎麼了？」

秦無雙推開蕊朱，搖搖晃晃地來到二人跟前，規規矩矩地跪了下來，作勢要叩首，一面道：「無雙來給老太君與夫人請罪了。」

牧老太君關切地問：「好端端地行這麼大禮做什麼？快起來。」說著，彎腰要去拉秦無雙，一旁嬤嬤、丫鬟趕忙搶著去拉人。

秦無雙卻長跪不起道：「無雙不慎，著了涼，染了風寒，咳咳……一時不防，竟睡過了頭，咳咳……忘了時辰來給老太君與夫人請安了，還請老太君和夫人恕罪……」

牧老太君見秦無雙面色蒼白、唇無血色、雙眼失神，竟真像染了風寒。

只是這風寒如何染上的，她細細一想便明白了。

秦無雙自過門後，連嫁衣都來不及換，便日日守在斐兒床頭悉心照料，定是吃不好、睡不好，勞累數日，怎能不生病？如今好不容易斐兒醒了，又是那樣的態度，怎能叫她不傷心？如此兩相夾攻，不病倒也難。牧老太君想到這裡，心裡一時半是愧疚、半是疼惜，又想到方才倪氏在背後將秦無雙指責了一番，頓時對倪氏不滿起來。

「乖，妳快起來吧，地上涼，小心別再添了病。」牧老太君命大丫頭晴芳扶秦無雙起來，還對她招了招手，拍著身旁的位子說：「來，快來祖母身邊坐著。」

秦無雙怯怯地挨到牧老太君身邊，沿著榻沿斜坐下。

牧老太君見她如此知禮，心裡越發喜歡，拉著她的手笑道：「妳和斐兒雖未成禮，但已過了聘禮婚書，名義上已是斐兒的未婚妻，既如此，妳該改口和斐兒一樣喚我祖母才對。」

秦無雙囁嚅道：「……這……無雙，不敢。」

「為何不敢？」

秦無雙不說話，只是低著頭，拘謹地玩弄衣帶。

第七章 管教

牧老太君立刻明白秦無雙為何不敢了——她年紀輕，又剛過來，名分不清不楚的，加上斐兒對她那樣的態度，那些下人自然不會把她放在眼裡。

「妳放心，我說過，妳嫁到牧家來，不管斐兒想法如何，妳以後都是我牧家的少夫人。這府裡誰要再敢對妳不敬，妳只管讓我知道，看我不命人掌爛他的嘴、打斷他的狗腿。」說著，瞅了眼呂嬤嬤，呂嬤嬤立刻嚇得直打哆嗦。

倪氏半個字也不敢吭，只好隨便找了個理由帶著呂嬤嬤急匆匆地離開了。

牧老太君又拉著秦無雙說了會兒話，一面命人拿了牌子去請宮裡御醫過府替秦無雙看診，一面囑咐秦無雙注意身體、放寬心過日子等等。

回屋路上，蕊朱悄悄地問她。「小娘子，您方才不是好好的，怎麼突然就染上風寒了？」

秦無雙無奈地對蕊朱笑道：「我的傻姊姊，難道妳看不出來我是裝的嗎？」

她當然看出來了，只是她不敢相信。

眼前的五娘子與她記憶中的五娘子有些不一樣——記憶中的五娘子聰明伶俐，但稚嫩孩子氣；現在的五娘子，明明年紀比她小，可依近期種種事件發生，給人感覺依舊聰明伶俐，但多了些老成持重，顯得深藏不露，全不似她這般年紀能作為的，倒像活了許久的過來人。

「妳這樣看著我做什麼？」秦無雙見蕊朱盯著她發呆，不由得問了一句。

蕊朱道：「奴婢只是覺得小娘子似乎跟以前不一樣了。」

秦無雙笑笑不接話，過了好一會兒，她才想起什麼來，問道：「牧斐可有回來？」

蕊朱道：「沒呢。說也奇怪，牧小官人一夜未歸，方才老太君和大夫人見了您，竟未提及此事。」

「由此可見，牧斐夜不歸宿早已成常態，牧家人自然對此見怪不怪了——至於老太君和大夫人見了我卻不談此事，是因為她們都知道牧斐在哪兒，和我說了也無用。」秦無雙止住腳步，仰頭看了天色一眼，今兒個天上沒日頭，望去灰濛濛的，看得人心裡沈悶。

「難道小娘子就打算這樣下去嗎？」

秦無笑看著蕊朱反問。「不然呢？」

蕊朱想了想，最終一臉氣餒。

秦無雙拍了拍蕊朱的肩膀，道：「都說侯門深似海，這府裡頭可不比秦家，在秦家做錯了事，頂多是失寵，在這裡做錯事，指不定要失去什麼——這侯府，除了裡頭的人盯著，還有外頭的也盯著，我們既然進來了，少不得要步步為營，不得說錯半句話，不可行錯半步路。妳是陪我長大的好姊妹，在這裡，我能靠的只有妳了。」

蕊朱起初聽得心都提了起來，後面則聽得感動無比，立刻信誓旦旦地向秦無雙表了忠心。

快到院門時，蕊朱拉住秦無雙低聲問：「小娘子，您明明沒得風寒，一會兒宮裡的御醫來診脈，可不就露餡兒了嗎？」

「風寒而已，一根銀針足矣。」秦無雙笑著說完，徑直回屋了。

掌燈時分，宮裡的御醫果然來了。

御醫替秦無雙把了脈，果真是染了風寒，開了一些疏風散熱的方子，又叮囑好生休養，不要過度勞累。

半夏親自將人送出院子，自有嬤嬤去回了牧老太君。

牧老太君聽了後，命一嬤嬤過來傳話，讓秦無雙這些日子不必去給她們晨昏問安，只管躺好養著，並命廚房每日做些精緻可口的飯菜送過來。

蕊朱將這一切看在眼裡，早對秦無雙佩服得五體投地。

一連數日，牧斐離家未歸，秦無雙對此不聞不問，只是整日把自己關在屋裡看書。

確切來說，是看秦家藥行的帳本。

秦老太太說話算話，在秦無雙來牧家的第二日，便命人將十三家藥鋪所有的地契、房契、商契、人契等，全部經人擔保，入官中過戶給了秦無雙，又將十三家藥鋪的帳本、人事底簿一併送了過來。

是以，秦無雙每日忙著整理這些契約和帳本，哪裡還有閒情逸致去管牧斐人在哪兒。

她不管，倪氏反倒急了，見牧斐幾日不回來，竟跑到牧老太君房裡哭訴，說是秦無雙生生嚇得她的斐兒整日在外頭遊蕩、不敢回來，長此以往總不是辦法，要牧老太君拿個主意。

於是牧老太君又命人將百忙之中的秦無雙叫去房裡，商議此事如何解決。

牧老太君見了秦無雙，先是拉著手敘了一番，這才進入重點。「斐兒已有七日未歸了，妳對此有何想法？」

秦無雙聽了，眼圈一紅，白瓷般的臉蛋瞬間掛上兩行清淚，一副弱不禁風、楚楚可憐的模樣，下地就要跪。「還求祖母可憐，替無雙做主。」

牧老太君一把將她拉起，讓她坐到身邊的榻上，笑道：「妳這孩子，好好說話，動不動跪個什麼呢？」

秦無雙抹著淚不說話，但凡是個人都看得出她臉上萬般委屈。

坐在旁邊椅子上的倪氏見了，心裡有些不自在，臉上更不自在了。果然，牧老太君瞅了她一眼，對秦無雙款款道：「我聽說，此前斐兒好像與妳有些過節？」

倪氏一聽，立刻坐直了身子，定定地瞅著秦無雙的臉。

聽誰說，秦無雙自然心知肚明。於是乖巧地點了點頭，將上元節前一日所發生的一切，一五一十全部說了出來，兩位長輩聽得俱是一愣一愣的。

樣。

說完，秦無雙只是垂著頭，雙手不安地絞著衣角，一副自己做錯事等待被責罰的怯懦模樣。

倪氏很快反應了過來，指著秦無雙氣呼呼道：「原來斐兒說的是真的，妳果然險些將他腦漿甩出來，果然是為了報復斐兒才答應嫁進來的，沒想到妳竟是一個如此心狠手辣的惡婦，我們牧家怎能容得了……」

「哈哈……」牧老太君突然捂胸笑得前俯後仰，打斷了倪氏的指責。

這回倒把秦無雙和倪氏給看傻了。

好不容易止住了笑，牧老太君道：「阿彌陀佛，老天開眼啊，總算有個能收拾斐兒的人了——無雙啊，妳那一巴掌打得好、打得妙。話說，斐兒也活該被打，還應該狠狠地打才對。」

秦無雙眨著眼睛看著牧老太君，心裡不禁懷疑牧斐到底是不是牧老太君的親孫子了。

倪氏早已忍不住對牧老太君喊道：「老祖宗，那可是斐兒啊……」

「正因為他是斐兒，才該找個人好生管教管教。」牧老太君慈眉善目地拉起秦無雙的手，笑呵呵地說：「無雙啊，斐兒他自幼頑劣、不聽勸誡，時常惹是生非、不務正業，總被他老子訓斥。我與妳婆母捨不得管教他，縱得他無法無天的，長此以往下去，只怕是難以成器，妳既是他的媳婦兒，本就身負相夫教子之責，那不如斐兒以後就交由妳管教吧。」

倪氏一聽，下巴險些驚掉下來。

秦無雙皺眉道：「只怕無雙初來乍到，人微言輕，難以服眾，管教夫君一事恐難勝任。」

倪氏忙在一旁附和著說：「是呀，老祖宗，無雙畢竟還小，正是年幼不懂事時，哪能管教斐兒啊。」

牧老太君瞥了倪氏一眼，冷哼道：「我看無雙倒比某些人更懂事些。」

倪氏聽了，知是老太君暗地在指責她，只好委屈地閉上嘴，不敢吭聲了。

「晴芳。」牧老太君叫來大丫鬟，對著耳邊吩咐了一番，晴芳領命下去了，很快又回來了，她手裡捧著一副檀木對牌遞給牧老太君。

牧老太君接了對牌，拉起秦無雙的手，放在手心裡。「這是我的對牌，妳拿著。」

那邊倪氏驚得差點跳起來，這邊秦無雙已連忙推了回去。「萬萬不可，此物太貴重，無雙受不起。」

牧家有三副對牌，總管家牧懷江有一對，專主外事；倪氏手裡有一對，專主內事；牧老太君手裡的這一對，卻可總領全府諸事。

「妳初來乍到，年紀又輕，府裡那些下人定不會真心服妳，有了這個對牌，妳就能調度府裡一切人事。人無威則不立，有了威信方能管教人，以後妳想教訓什麼人就教訓什麼人，想處置誰就處置誰——倘若妳能把斐兒拉回正途，使他正視功名、好好讀書，那妳就是牧家的大功臣。」

牧老太君竟願意將如此重要的對牌交給秦無雙，可見她是真的打算讓秦無雙管教牧斐。

這下，連秦無雙也震驚了。

說實在話，秦無雙並不想管教牧斐，只想藉機在牧老太君面前澄清此事，好叫某些人別抓她小辮子在背後使壞而已，沒想到最後博得了這麼一個燙手差事。

看著手上的對牌，秦無雙一時進退兩難、哭笑不得。

倪氏看著秦無雙手裡的對牌，心裡的懊悔早已如黃河之水，滔滔不絕——她原只是想藉機逼秦無雙主動提出退婚，沒想到弄巧成拙，不僅沒退成婚，反把斐兒的自由也搭了進去。

第八章　眾樂樂

就這樣，秦無雙在牧老太君半強硬、半請求的姿態下，無奈地接下對牌，回屋裡去了。臨走前，牧老太君還特意囑咐了一聲。「蜚兒畢竟是牧家嫡子，總不能一直在外遊蕩，找個時間去把人找回來吧。」

很明顯，這是牧老太君考驗她的第一道題。

蕊朱、半夏、青湘三人眼睛一眨不眨地看著桌面上的對牌，身為下人，天生就對這種象徵著權力的東西感到敬畏。

「小娘子……那、那現在該怎麼辦？找們壓根兒不知道牧小官人在哪兒，要如何去找？」蕊朱結結巴巴地問。

秦無雙斜坐在桌旁，單手扶額，揉啊揉，又無奈又發愁。

半夏見狀，欲言又止。

半晌，秦無雙一拍桌面，好似下定決心般，抬眸看向半夏，問：「平日與小官人關係親近的小廝們，可有誰在？」

半夏答：「回小娘子的話，平日與小官人最親近的小廝有三名，安平、安喜和安明，如今在府裡的是安喜和安明。」

「把人叫來，我有話要問。」

半夏轉身要去，秦無雙又喊住她。「拿著這副對牌去叫人，順便把小官人身邊所有小廝全都叫過來，我正好見上一見。」

半夏應下，拿了對牌出去了。

「蕊朱，妳去外面買幾套合身的男裝回來。」蕊朱也領命去了。

過了一會兒，半夏帶了十幾個小廝候在穿堂，自己先進東屋來稟報秦無雙。

秦無雙正在更衣，只說讓人先在外面等著。

這一等就等了小半炷香時間，等得十幾個小廝由起初的忐忑不安全變成了誠惶誠恐。

就在小廝們快要熬不住時，屋門打開了，從裡面緩步走出一個人——俊目修眉、水嫩皮膚；頂心束著長髮，馬尾齊後腰，根上別著兩支銀葉素簪子；穿著一身交領靛青銀線卷雲紋滾邊直裾，袖口束以銀帶，足上蹬著一雙厚白底烏皮靴；身後一左一右跟著兩個「美嬌童」。

眾人定睛細看，出來的哪裡是一位美嬌娘，分明是一名英姿颯颯、風度翩翩的公子哥兒！

秦無雙在眾人的震驚中舉步來到穿堂上。

半夏見小廝們還呆著，故意乾咳了一聲，斥道：「還不快見過秦小娘子。」秦無雙的名分畢竟還沒完全明了，府裡的下人們不好稱呼，便以「秦小娘子」相稱。

小廝們一聽，「轟」地一下，一齊跪地磕頭請安。

秦無雙讓他們起來，又問誰是安喜、安明。

安喜、安明硬著頭皮出列，作揖道：「小的安喜，小的安明。」

秦無雙直言。「帶我去找你們家小官人，今兒倘若是找到了，你們留；若是找不到，你們走。」

安喜、安明一聽，連忙點頭哈腰，應個不停。

秦無雙又掃了眾人一眼，對半夏吩咐道：「人不夠，再去向牧管家要三十個小廝來，並準備一輛侯府專用的大馬車在大門候著。」

半夏領命去了。

花滿樓，汴都城裡一等的富貴風流地，裡面的歌姬、舞伎都是一等一的名角兒，賣藝賣笑但不賣身。

一般來這兒的都是有權有勢的富家子弟，寒門庶士、平民百姓是來不起這種地方的。

牧斐蹲在龍鬚席子上，一手撐腮，他一面磕著瓜子，一面百無聊賴地看著窗外的景色發呆。

「你已經到絕路了，看你還怎麼救？」

不遠處，謝茂傾與段逸軒正對面而弈。

謝茂傾明顯占了上風，段逸軒看著眼前的棋局，眉頭擰得麻花似的，最後將白子往棋盤上一擲，賭氣道：「不玩了，每次都玩不過你。」

「願賭服輸，王羲的《嵐亭序》殘本記得派人送我府上去。」謝茂傾一面笑著說，一面慢條斯理地收拾棋盤。

段逸軒十分肉疼地捶了自己手心一拳，嘆了口氣，轉頭看向窗邊的牧斐，問：「牧大公子，您大清早的把我們叫來，又不說話，又不下棋，悶葫蘆似的也不觀棋，到底是什麼意思啊？」

「小爺無聊，找你倆來解悶。」牧斐一臉萎靡不振，拖著調子道。

謝茂傾道：「方才我聽安平說你已經在花滿樓住了有些時日，是怎麼了？按理，你身子剛好些，應該在家好好休養，怎麼連家也不回，莫不是你家老爺子從邊關回來了？」

牧斐聞言，連忙回頭朝地上啐了一口瓜子殼。「呸呸呸！烏鴉嘴！他要是回來了，你們連我的面都見不著。」

謝茂傾笑著點頭。「說的也是。」

段逸軒忍不住追問。「那你到底為了什麼？」

為了什麼？

當然是因為他那個死對頭秦無雙莫名其妙成了他媳婦兒，他鬧著退婚未果，便賭氣離家出走了。

這樣丟人的事他自然不好跟兄弟交代，只能悶悶地在心裡想著法子。祖母向來疼他，他離家前向祖母撂下狠話。「只要秦無雙在牧家一日，我就一日不回去。」

他心想，只要他不回去，祖母一定擔憂煩急，祖母一擔憂煩急，說不定就把秦無雙趕走了。畢竟在她老人家心裡，他這個嫡親的孫子才是最最最重要的人呀。

誰知等了幾日，非但不見祖母那邊傳來動靜，也不見牧家的人來接他。

他以為祖母不知他在哪兒，還故意遣安平回去母親身邊透口風，洩漏他的行蹤，順便鼓動母親去祖母身旁點點火、賣賣慘，相信用不了多久祖母就會想法子趕走秦無雙，並派人過來接他回府，他只消安心等待便可。

可是等啊等，等到花兒都謝了，祖母那邊還是沒有動靜。他不由得納悶，祖母怎會變得如此狠心了？難道她老人家真的打算棄親孫兒於不顧？

他若是自己回去，又覺得沒面子，但一直在外頭飄蕩，也是索然無味、患得患失得很。一時心中無著落，只好尋了兩好友過來打發時間。

牧斐扔了瓜子，拍了拍手，又灌了一碗茶，這才嘆道：「甭提了，都是些煩心事，不聽也罷。」說著，對著門外喊道：「快去把焦惜惜叫來，給爺兒們唱兩首小曲兒解解悶。」門外立刻有急促的腳步聲遠去。

「話說前段日子，你不是逗弄秦家小娘子逗得挺有意思的嗎？現下既然閒來無聊，為何不繼續逗弄她去？」謝茂傾問。

此話一出，牧斐的臉色就像突然吞了一大口青梅酒似的，頓時綠了，細細一瞧，還會發現一絲心虛。

他胡亂含糊道：「……不逗了，那……丫頭忒沒趣。」

謝茂傾絲毫沒有察覺牧斐的不自在，反而一臉不解地追問。「怎麼又沒趣了？你當初可不是這麼說的，還整日在我們耳邊嘮叨，說那丫頭就是一隻披著羊皮的小狐狸，人前慣會裝傻充愣，實際心思深沈，還說她是千金的姿，野草的命，就是放在石縫裡也能長出一片翠綠，所以乳名叫『茵茵』來著……」

段逸軒聞言，便湊過來問：「聽你這麼一說，我倒是對這個『茵茵』頗感興趣。牧爺，你啥時帶我們去見識一下唄！」

牧斐不耐煩地擺擺手。「去去去！要見識自己不會去見識啊？爺現在是聽見她的名字就煩。」

三人喝了一壺茶，又等了半天，焦惜惜還沒來。牧斐便朝外面吼了一聲。「安平，爺要的人呢?!」

安平沒回應，想是還沒回來。

牧斐正要起身去看看究竟怎麼回事，一身花枝招展的老鴇急匆匆地撩起珠簾進來了，她滿臉歉意地說：「三位爺，真是抱歉，惜惜已經被貴人包了身，要不咱們換一個吧？」

包了身就是指包了整日的場，花滿樓的名角被人包了身是常有的事，牧斐也沒放在心上，便坐回去隨口道：「那就喚賽嫦娥來跳個舞。」

老鴇低聲下氣地說：「嫦娥也被貴人包了身，要不……再換一個？」

「那就玉嬌嬌……」

「嬌嬌也被人包了身……」

牧斐挑眉。「今兒個倒是邪門，爺想要的人竟然都被包了——也罷，爺今日大發慈悲懶得計較了，一等角兒裡還有誰空著就叫誰來吧。」

老鴇小心翼翼地陪笑說：「樓裡六個一等名角兒都被同一個貴人包了，就剩下二等和三等的角兒，要不三位爺委屈一下，從中挑兩個？」

從來沒聽說有人敢一口氣包下花滿樓的六位名角，要知道一位角兒一個時辰少不得黃金百兩，六個角兒，整日包下來可是黃燦燦的金子堆成山的事情，就算汴都城裡最富貴的紈袴子弟也沒人有這個敗家本事。

牧斐、謝茂傾、段逸軒自封「都中三俊」，個個家世顯赫，三人經常結伴出入風塵之地，是花滿樓的常客，即使如此也只包過三個名角的場，如今有人一口氣包下六個名角，怎能叫人不吃驚？

「喲！這汴都城裡誰有這麼大財力，比我牧小爺還敗家，我倒要去見識見識。」說完，牧斐起身拍了拍衣服上的縐褶，正要出去，安平忽然從外面沒頭沒腦地衝了進來，險些撞上他。

「做什麼？趕投胎似的。」牧斐喝道。

安平滿臉慌亂地回道：「少、少爺，府裡來人了。」

「祖母通於想通了。」牧斐得意洋洋地問：「派了多少人來接小爺？」

「很、很多。」安平嚥了一口口水，又道：「不過，他們不是來接少爺的。」

牧斐蹙眉，十分不解。「不來接小爺……那來做什麼？」

安平支吾道：「說是來、來聽曲賞舞的……」

珠簾繡幕下，雕花扶欄旁，牧斐、謝茂傾、段逸軒三人伸著長長的脖子，齊齊往樓下露臺望去——六位名角，或輕喉婉轉，或舞姿裊娜，或板或鼓，在臺上各展風華。

臺下正中央，放著一張黃楊木大圈椅，椅子上坐著一位丰神俊朗、美如冠玉的少年。少年身後站著兩名美嬌童，再往下兩排清一色僕從打扮的小廝圍著露臺站開，將整個大堂塞得滿滿的，一個個雙眼放光、如癡如醉地看著臺上名角爭相鬥豔，口水都快流出來了。

段逸軒看著座椅上的少年，眼睛都快直了。「我在汴都十七載，竟不識人間有此仙郎，真是眼瞎、眼瞎——話說，他是誰？你們倆可認識？」

謝茂傾搖了搖頭，目光掃了一眼那些僕人的裝束，內心疑惑，他轉頭看向牧斐，問：「文湛，那些小廝的打扮，怎麼像極了你們府裡的人？」

一旁的安平暗想：可不就是我們府裡的小廝……

牧斐看清圈椅上的人後，眼珠子險些嚇迸出來。

恰巧秦無雙抬起頭，與他四目相接。秦無雙臉上沒有絲毫意外，倒像是等了他許久似的。只見她眸光流轉，輕輕一笑，媚人勾心極了。

段逸軒捂著胸口往謝茂傾身上倒。「我不行了，他對我笑來著。」

「我先下去一趟。」牧斐說完，一陣風似的捲下了樓。

牧斐衝到圈椅前，一把拽起秦無雙來到一處僻靜地，質問道：「秦無雙，妳這是在幹什麼？」

「聽曲、賞舞、找樂子啊！」秦無雙聳聳肩，一臉坦蕩。

牧斐被秦無雙的回答唬住了，半晌才回過神來，厲聲衝她喝道：「這種地方是妳能來的嗎？還不快回去！」

秦無雙沉下臉反問。「我為何不能來這種地方？」

牧斐被秦無雙的厚臉皮氣得嘴角抽搐，向地上啐道：「呸！妳身為一個女子，來這種地方找樂子，羞臊不羞臊！」

「很遺憾，我不羞臊啊！憑什麼這種風流地只許你們男人來，不許女子來，再說——誰會知道我是女子？」秦無雙一面說，一面原地轉了一圈，展示自己引以為傲的男裝打扮。

牧斐竟無言以對，噎了半晌後，他指著滿堂烏壓壓的小廝質問道：「妳來就來，帶那麼多府裡的小廝來做什麼？」生怕別人不知道今兒個財大氣粗包場的人是牧家人嗎？

「我一個女孩子來這種地方，多帶些人護著總是穩妥些。再說，這找樂子我一個人是找，帶他們一起找也是找，獨樂樂不如眾樂樂嘛。」

牧斐扶額，覺得自己快要被秦無雙的理直氣壯、強詞奪理氣出了內傷。

「妳到底要怎樣才肯走？」

再這樣下去，不出半日，整個汴都城就會傳遍——有一神秘男子，一擲萬金包下花滿樓六位名角。又用不了多久，自會有那好事之人順藤摸瓜查出包場之人的真實身分。到那時，定會滿城皆知，他牧斐為了沖喜，娶了富商秦家的女兒當了童養媳——丟人不丟人！

第九章　節節敗退

「我為何要走？今日我可是包了六位名角整日的場，自然是玩夠了才回。」

「文湛，你與這位……認識？」謝茂傾客氣打斷道。

牧斐氣上了頭，一時沒留意謝茂傾、段逸軒二人何時下了樓，又是何時來到他們背後。

二人同時答——

「不認識。」

「認識啊！」

謝茂傾、段逸軒表情古怪地看著他們倆。

牧斐不甚自在地別開臉，秦無雙則大大方方向二人拱手笑道：「我是他表弟鄭英俊，想必你們就是傳聞中『都中三俊』的另外兩位吧？」

還真英俊……牧斐差點吐血。

段逸軒搶先拱手道：「我乃忠勤伯府嫡子段逸軒。」然後又替謝茂傾介紹。「他是安西郡王世子謝茂傾。」

秦無雙與二人再次見了禮。

謝茂傾想了想，似有不解道：「不過我沒聽文湛說過有個姓『鄭』的表家啊？」

牧斐警告地瞅了秦無雙一眼。

秦無雙促狹地掃了牧斐一眼，神神秘秘對二人擋口低聲道：「實不相瞞，我們是認的乾親，我表哥嫌我身分上不了檯面，一向不願多提。」

聞言，牧斐嘴角微微抽搐了一下。

二人了然點頭，終於明白牧斐為何自這表弟出現後就一直面色不善了。

「原來如此。鄭兄可沾酒？不如隨我們上去小酌兩杯。」段逸軒平日最好結交這等風流美男，見了女扮男裝的秦無雙後，心裡早已蠢蠢欲動，想要與之相識款敘。

謝茂傾顯然也躍躍欲試。

牧斐再次警告地瞅了秦無雙一眼。

秦無雙無視牧斐，欣然應道：「好啊。」說著，竟真要跟段逸軒他們上樓。

牧斐氣得一把拉住她的手臂。「好什麼好！時候不早了，既然妳是來接我的，還不快回去。」

秦無雙輕笑一下，對他說：「不如你先回去，我留下來陪兩位兄臺喝點小酒？」

牧斐一雙劍眉都快挑飛了。「呸！妳想得美，要走一起走！」說著，拉著秦無雙就往門外拽。

秦無雙被牧斐拽得腳不著地，只好一面跟著走，一面回頭向段逸軒二人賠笑道：「太可惜了，看來只能下次有緣再和二位喝一杯了，告辭。」

段逸軒和謝茂傾同情地看著秦無雙不甘不願的背影，搖了搖頭。

牧斐冷哼道：「可惜個頭！秦無雙，妳到底安的什麼心？」

秦無雙剛要開口，老鴇突然帶著一眾樓裡的男男女女，攔住了他們的去路，她堆著滿臉笑意說：「哎，這位貴人，您的錢還沒付呢？」

秦無雙笑咪咪地說：「這位嬤嬤，妳看，我雖包了六位角兒整日的場，卻只聽了個開頭就被這位牧小官人打斷了，所以還算不上包圓，頂多只能算個損失費，至於損失費多少……妳就直接記到牧小官人的帳上吧。」

牧斐橫眉怒道：「憑什麼記爺帳上？」

「那不然……我再繼續回去包角兒？」秦無雙一臉無謂地指了指裡面。

回去和他的兄弟們稱兄道弟、喝酒談心？想得美！再說，回去花的也是牧家的錢，她不心疼，他還心疼呢！牧斐光是想，心中就溢滿不平，只得乾瞪著她，磨了磨牙齒。「算妳狠！」

「過獎了。」說完，秦無雙便大搖大擺地出去了。

牧斐算是搞懂了，秦無雙這哪是來尋樂子，分明是耍花招逼自個兒回去，他還不得不回去。

他一口悶氣堵在胸口，正沒處撒呢，忽然看見安喜、安明幾人心虛地站在後面，躲躲閃閃的。他便指著安喜、安明的鼻子痛罵道：「反叛的混帳羔子！你們怎麼也聽她的話了？還合著一起來堵爺了，小心爺回去扒了你們的皮！」

安喜、安明立刻衝過來跪在地上，一人抱住牧斐一條腿，哭喊著告饒。「爺啊，老太君把對牌給了秦小娘子，叫她想處置誰就處置誰，小的不敢不從啊，求爺發發慈悲，放小的一馬！」

牧斐雙眼瞪得跟銅鈴似的。「你們說什麼?!」

秦無雙在馬車上邊等邊看藥鋪裡的帳本，過了一會兒，半夏過來在外面隔著簾子壓低聲音說道：「小娘子，小官人騎馬先回去了。」

「知道了，我們也回吧。」

牧斐一回府，便火燒屁股似的直奔倪氏房裡，詢問秦無雙手裡的對牌到底是怎麼一回事？倪氏便將那日發生的事情一五一十地說給牧斐聽。牧斐聽完，險些氣炸，又跑到牧老太君房裡，將秦無雙今日大鬧花滿樓的事情，誇大其詞、加油添醋地告訴了牧老太君，他好說歹說，想讓牧老太君收回成命，將對牌收回去。

沒想到牧老太君聽了之後，竟還表示要將牧家財政大權也交給秦無雙，牧斐當場嚇傻。

秦無雙回府後，徑直回了屋。

時值晚飯時分，青湘見秦無雙回來，連忙將準備好的熱水端了上來，蕊朱伺候洗了手，半夏伺候更了衣、卸了妝，這才命青湘擺飯。

「妳們兩個也別愣著，坐下來一起吃吧。」平日，蕊朱、半夏都會提前在廚房吃過飯再來伺候，今日她們跟著主子大鬧花滿樓，來不及先去吃飯。

蕊朱、半夏忙道：「奴婢不敢，請小娘子先吃。」

秦無雙將二人拉到桌旁，按坐在凳子上，說：「一個人吃飯怪冷清的，妳們陪我還熱鬧些。」

二人聽了，只得坐下。

三人剛拿起筷子，牧斐便挾一身盛怒從外面走了進來，身後還跟著一眾手忙腳亂的僕從。

蕊朱、半夏嚇得連忙起身退到一邊，眼觀鼻、鼻觀心地站著。

秦無雙嘆了一口氣，自顧自地吃了起來。

牧斐眼睛死死盯著秦無雙，鼓著腮幫子進了屋，僕從們自覺地止步在門外兩旁。

他進屋後也不坐下吃飯，而是背著手，在秦無雙面前走來走去的。秦無雙對他的來勢洶洶視若無睹，埋頭吃得津津有味。

這道行——果然是披著羊皮的小狐狸。

牧斐一面瞪著秦無雙，一面氣呼呼地踢椅踹桌摔簾子進了西屋，眾僕人嚇得渾身發抖，秦無雙依舊沒事似的繼續吃著飯。

須臾，西屋傳出怒吼。「還愣著幹什麼？來個人伺候爺安寢啊！」

牧斐的丫鬟和小廝知道他正在氣頭上，又見秦無雙在屋裡，一時皆是你看我、我看你的，誰也不敢進去。

秦無雙嘆了一息，放下筷子起身回東屋。

「都死了嗎？」牧斐又喊。

這時，有個名為聞香的黃衣大丫鬟看了一眼秦無雙的背影，隨後進了西屋，她一進去，後面又跟著兩個粉衣丫鬟進去了。

牧斐輾轉反側了大半夜，將要入睡時，突然有個東西鑽進被窩裡摸了一下他的大腿。他嚇得一個激靈驚坐了起來，掀開被子一看，是一截白嫩纖細的手臂，手臂主人正是歪坐在地鋪上靠著床沿的聞香。

只見她薄衫輕透、媚眼如絲地勾著自己，牧斐吞了口口水，問：「妳做什麼？」

聞香嬌軟道：「小官人，您不是叫人進來伺候您嗎？聞香來『伺候』您可好？」

此伺候非彼伺候，牧斐當然聽得懂。

不過，雖說他年及十六，經常流連風月之地，身邊也有好幾個通房丫頭，卻是個如假包換的雛兒。也不是裝什麼正經，只是委實對那事有一種莫名的恐懼。

聞香是他的一等大丫鬟，也是母親特意挑選的，遲早會是他的人，平日看起來規規矩矩，只是今日不知為何，變得如此大膽主動。

牧斐下意識想推開聞香的手，轉念一想——秦無雙答應進府給他沖喜，除了貪慕虛榮的可能，莫不會也對他懷有一絲愛慕之情？

畢竟他乃汴都三俊之首，風流倜儻、瀟灑俊逸，秦無雙見了他難免動心，故而對他此前的諸番戲弄一忍再忍？

牧斐越想越覺得有這個可能。

不然，他若死了，等待秦無雙的可是獨守空房一輩子的淒慘下場，她願拿自己的後半生當賭注，可見對他是有幾分愛慕的，這麼一想，他的心中豁然開朗。

既如此，他決定好好刺激秦無雙一番，最好能把她氣走，就算氣不走，好歹能壓壓她，看她還敢囂張到誰頭上。

於是，牧斐往床上一躺，對著聞香招了招手，豁出去一般道：「來吧。」

聞香一聽，兩眼發光，脫了衣裳就撲上來，把牧斐嚇了一大跳。

聞香忙安撫他道：「小官人，別怕，聞香也是第一次呢。」說著，就坐到他身上，要去解他的衣裳。

牧斐雙手緊緊抓住被褥，死盯著聞香美豔的臉，一副如臨大敵的模樣，眼見聞香的唇就要落下來，牧斐打了一個寒顫，猛地一翻身，竟直接將聞香掀到了地上。

「咚」地一聲悶響，聞香後腦著地，又翻了一個跟斗，趴在地上。她哀怨地看著床上怔愣的牧斐道：「小官人，您這是怎麼了？」

與此同時，秦無雙聽見一聲悶響，倏地從床上坐了起來。

一旁守夜的半夏連忙坐起來問：「小娘子，可是被吵醒了？」

「什麼聲音？」

半夏遲疑道：「……是、是小官人屋裡傳來的。」

瞧著半夏欲言又止的神情，秦無雙心中已了然，只問：「今夜伺候小官人安歇的是誰？」

「是聞香。」半夏頓了頓，又補充了一句。「她是呂嬤嬤的外孫女。」

秦無雙聽了後，點了點頭，沒再說什麼，又躺下睡了，只是睡得並不安穩。

牧斐不好意思向聞香坦白他怕做那事，只胡亂扯說天色已晚，人累了，命聞香把衣裳穿好，地鋪挪遠一些，晚上不要再碰他。

聞香只好垂頭喪氣地穿好衣服，挪鋪睡去了。

牧斐躺回床上，閉上眼的一瞬間，腦海裡莫名其妙出現秦無雙的臉，嚇得他睜開眼睛。如此這般，反覆數次，竟一宿沒睡著。

次日一早，聞香穿戴整齊，剛要開門，牧斐迷迷糊糊中突然坐起身，喊道：「慢著！」

聞香嚇了一大跳，忙回到床邊，問：「小官人怎麼了？」

「妳且等我一起出去。」

聞香於是服侍他更衣梳洗。

臨出房門，二人一前一後，聞香正要掀起簾子，牧斐忽然覺得哪裡不對勁，遂將聞香拉回，若有所思地上下看了看。

聞香被看得莫名其妙，過了一會兒，牧斐抬手將她梳好的鬢髮扯亂了些，又將她的領口拉開，這才摟著她的腰肢，昂首挺胸踏出房門檻。

此時，秦無雙已經梳洗妥當，正坐在堂屋吃早飯。

聽見西屋有動靜，秦無雙轉頭掃了他們一眼。

牧斐看得清清楚楚，那是極淡的一眼，幾乎沒有任何停留就移開了，秦無雙依舊埋頭靜靜吃著早飯。

他心中極為納悶，難不成他猜錯了，秦無雙對他並無半點意思？

這個想法頓時讓他感到索然無味起來，他隨手推開了正暗自偷樂的聞香，徑直走到桌旁凳子坐下。

半夏見狀，忙替牧斐舀了一碗雞絲粥。

聞香衣衫不整，總不能就這般模樣站在牧斐身邊伺候，只好撇撇嘴先出去了。

蕊朱、半夏都是聰明人，知道這種情況下，牧斐多半是有話要跟秦無雙說，便一個個無聲無息地退了出去。

牧斐拿起筷子，假意挾菜，一面嘆道：「妳也看見了，我牧斐就是一個浪蕩公子哥兒，什麼通房丫鬟、青樓知己的，要多少有多少。」說完，趁隙覷了秦無雙一眼，見她面色絲毫未改，依舊慢條斯理地吃飯，他只好放下筷子，點明道：「我對妳沒有半點意思，就算妳嫁與我，也只是年紀輕輕就守活寡，妳可明白？」

第十章　下狠藥

他覺得他的意思已經表達得夠清楚了，秦無雙若還是沒有反應，那也只能說明她不是個人了——不是個女人。

誰知，秦無雙忽然放下筷子，拿起巾帕不疾不徐地擦了嘴，這才抬眸看向牧斐，點頭淺笑道：「如此甚好。」說完，就起身揚長而去了。

牧斐頓時呆若木雞。

過府已有小半個月，秦無雙已將十三家藥鋪的帳目全看了一遍，心中略有了底。是以，今日吃完早飯，她便命人準備馬車，帶著蕊朱往西水門去了。

馬車到了西水門腳店後，蕊朱先下了車，腋下夾著一方漆花木盒，立在一旁掀起車簾。

秦無雙下車後，吩咐馬夫先去歇腳，然後帶著蕊朱走到藥鋪對面的茶肆裡，尋了一處臨窗的坐席，要了一壺茶，坐下喝了起來。

「去去去！哪兒來的瘋婆子，要撒野去別處撒野，少來打攪我們做生意。」不多時，藥鋪夥計將一位衣著樸素的婦人從藥鋪裡推了出來，婦人趺趺撞撞地後退，險些被門檻絆倒，那夥計又從裡頭扔出兩包藥砸在婦人身上。

婦人撿起落在地上的藥包，一邊拍，一邊唸唸有詞。「殺千刀的混帳羔子，你們店裡的藥摻了假還不承認，這天底下到底還有沒有王法啊？你們也不怕虧心事做多了，死了下阿鼻地獄……」

「小娘子？」蕊朱看了秦無雙一眼。

秦無雙端著一碗茶，抿了一口，道：「去吧。」

不消半日，蕊朱就已經攔住三批前往秦家藥鋪討說法的客人，並將他們手中藥包照原價盡數買了過來。

準備妥當，主僕二人這才進了藥鋪。

掌櫃的正在櫃檯撥弄著算盤，聽見門口夥計吆喝，抬頭一見是兩位小娘子，以為是客，忙笑臉迎上來詢問她們哪裡不舒服？要買什麼藥？可有方子？

秦家藥行中，除了朱雀門正店有關大夫坐堂，其餘腳店是沒有坐堂大夫的。畢竟他們開的是藥鋪，不是醫鋪，只按方賣藥，不看診，正店設坐堂大夫除了以防萬一，偶爾也看些疑難雜症。

是以，來這裡一般都是按方給藥的。

蕊朱走到櫃檯旁，「啪」地一下，將方才買來的藥包全按在櫃檯上。

掌櫃的見狀，一時傻了眼，旋即看清藥包上印著秦家藥行的標誌，頓時明白眼前這二人是來找碴的，臉色立刻沈了下去。

隨後，蕊朱尋了一張椅子擺在正堂中央，扶秦無雙坐了下來。

掌櫃的看著眼前兩位把藥鋪大堂當成自家地盤的女子，一臉莫名其妙加匪夷所思。「我說，二位，妳們到底是誰呀？來本店有何貴幹？」

秦無雙看著掌櫃的，淺笑著沒說話，蕊朱用下巴指了指櫃檯上的藥包，道：「那些都是從秦家藥鋪賣出的藥？」

掌櫃的轉身看了一眼藥包，反問道：「是又怎麼樣？」

蕊朱又道：「那些藥包裡不是摻了假，就是摻了雜，有的是拿去歲的陳藥當做今歲的新藥來賣；有的是拿三成品相的劣藥當作七成品相的良藥賣；有的藥分明已壞，卻仍然摻了好的一起混著賣；更有甚者，缺斤短兩，這是賣藥，不是賣菜，錯一分一毫，都會出人命的，你們到底還有沒有良心？」

掌櫃的這才明白二人是來做什麼的——不就是找人算帳來著？

平日，找他們討說法的客人多得是，掌櫃的根本不以為意，一面轉身繼續忙，一面吩咐夥計。「還愣著做什麼？趕緊攆出去啊！」

夥計正要上來拉扯，蕊朱大聲一喝。「我看誰敢！」她一喝，那夥計被震懾住，果真不敢了，只好轉頭去看掌櫃的。

蕊朱不待掌櫃發話，便大步走到匣櫃前，將木盒打開，取出西水門店鋪一應契約和秦無雙的私印放在櫃檯上。

掌櫃的低頭拿起契約和私印一看，兩眼頓時嚇得發直，忙放下東西，對著秦無雙打躬作揖道：「可是新的大東家？」

秦無雙笑道：「韓掌櫃也不必緊張，祖母將秦家藥行交與我，只是我一直不得閒，今日正好順路過來瞧瞧。這樣，你將店裡所有夥計都叫出來，我略認一認。」

韓掌櫃聽了，趕緊吩咐夥計去後面把大家都叫出來，又在門前掛了休店的牌子，關上了門。處理完後，他立在一邊，不住地拿眼偷瞅秦無雙，心裡揣度著新東家此次的來意。

不多時，採辦的、曬藥的、分揀的、發藥的、打雜的，加韓掌櫃一共九個人，全到齊了。

眾人一見新東家竟是一個黃毛丫頭，眼裡紛紛流露出不屑，懶懶散散地站著，報過名之後，就準備要下去，完全沒把秦無雙放在眼裡。

蕊朱喝道：「東家的事情還沒說，你們這是要去哪兒？」

有一人吊兒郎當地說：「回新東家，我尿急，要去行個方便。」說完，竟目光猥瑣地在秦無雙臉上溜了一遭。

秦無雙看著那人，淺笑一聲。「既如此，你可回家方便。」

那人眉開眼笑。「新東家此言當真？」

「當真，只是先結了工錢再去，以後也不必回來了。」

那人一聽，頓時反應過來是什麼意思，忙嘻皮笑臉說：「我、我又不急了。」

秦無雙依舊淺笑道：「你急不急與我有何干？說出去的話如潑出去的水，難道你還能讓我收回來不成？」

那人方知秦無雙不是開玩笑的，嚇慌了神，撲通一聲跪在地上求饒。「求新東家饒了小的，小的一家老小還指望小的養活呢，小的以後再也不敢了！」

秦無雙轉頭看向韓掌櫃，開口道：「韓掌櫃。」

韓掌櫃一個激靈站直了身體，忐忑不安地陪著笑。「新東家有何吩咐？」

「將此人的工契收了，工錢結了，順便再多給他兩個月工錢，好聚好散吧。」

韓掌櫃連連應了。

那人聽了，跌坐在地上，面如死灰，這才在心中後悔不已，只可惜已經晚了。

其他幾個人早已嚇得原地站好，懶散之態全無，個個敬畏得不得了。

秦無雙淡淡地掃了其他人一眼，開門見山地說：「我不管你們以前是怎麼做事的，如今這藥行在我手裡，我就是你們的新東家，別以為我年紀小什麼都不懂、什麼都不會管，好糊弄、好欺負——在我這裡，你們以前那些壞毛病該棄則棄，不然一併走人！」

秦家藥行十三家藥鋪中，西水門店地處汴都外城西側水門邊上，與東邊外城上的新曹門店相對應，是最偏僻的兩處鋪面，也是前世她從祖母手裡求來的兩間腳店。是以，沒人比她更熟悉這兩間店鋪的狀況了。

這藥鋪裡，上到掌櫃，下到臨工，個個趁著長房那位堂兄不管事，懶惰懈怠、推卸責任、欺上瞞下、虛報假帳、中飽私囊。

前世她剛接手時，多受阻撓，費了不少工夫才將這些事情查清。只因她當年心軟，禁不住這些人苦苦哀求，一容再容，最後縱得他們以為自己是顆軟柿子，越發不放在眼裡，私下又幹起了老勾當。她後來費了好大力氣才導正這些歪風，不至於讓他們掏空鋪子。

這兩間偏店尚且如此，何況那些地段好的店鋪。

如今她一下子接管十三家藥鋪，又身為人婦，自是不能長時間守在鋪子裡，更不可能一家家店鋪坐鎮。因此須拿個人開鍘，殺雞儆猴，用最短時間樹立威信，方能鎮得住。

那眾人早已嚇得不輕，哪還敢有半絲不敬，連連點頭應是。

「韓掌櫃留下，其他人下去忙吧。」眾人聽了，鬆了一口氣，依言退了下去。

秦無雙看向韓掌櫃，開始同他閒聊了起來。「韓掌櫃，賢內最近可好？」

韓掌櫃不明所以，接話答道：「內子一切安好，多謝東家關心。」

秦無雙點了點頭，又問：「如果我沒聽錯的話，你在烏衣巷的外室，所用的保胎藥可是我們秦家的？不知效果如何呀？」

韓掌櫃一聽，三魂七魄嚇走了一大半，瞪著秦無雙如同見鬼一般，又驚又懼的，半晌說不出一個字來。

要知道這韓掌櫃夫人乃汴都官宦人家女兒，韓掌櫃是外地書生入贅的，靠著妻家幫忙才得以在汴都立足，尋了秦家西水門藥鋪掌櫃這一門事情做。

前世秦無雙就已得知，韓掌櫃這些年從秦家藥鋪撈了不少油水，膽子也跟著肥了，偷偷養起外室來，還把人家肚子弄大了。後來那外室為了討名分，跑到韓掌櫃夫人史大娘子那兒大鬧了一場，才知韓掌櫃竟只是個上門女婿。事後，史大娘子一紙休書直接把韓掌櫃掃地出門，此事當時在汴都鬧得沸沸揚揚，茶餘飯後，必被人們拿出來取笑一番。

秦無雙並不知道韓掌櫃有沒有拿藥鋪的保胎藥給他的外室用，只是猜測以韓掌櫃愛貪小便宜的性子，秦家藥鋪裡的保胎藥定是不用白不用，現在看韓掌櫃那驚惶的神色，八成是被她猜中了。

然而韓掌櫃這下卻認定秦無雙是個有通天本領的人，連他如此私密的事情都瞭如指掌，其他那些事情，指不定她都已知曉了。

想到這裡，他心中一陣駭然，立刻將那些計算著要報復秦無雙的心思扔到九霄雲外去。他撲通一聲跪到地上，狂磕頭求饒道：「還請東家饒命。」一旦外室的事情鬧到他娘子跟前，那可就吃不完兜著走了。

秦無雙笑道：「韓掌櫃何必行此大禮呢，再說我要你的命有何用？我只是閒來無事，和你話話家常而已，不必緊張。」說著，站起了身，撣了撣身上衣服的縐褶，說道：「好了，時候不早了，我也該回去了。」

韓掌櫃畢竟是藥鋪裡的老夥計，她並不想逼人太緊，出其不意的敲打和震懾已足以讓韓掌櫃心生忌憚，將那些歪風邪氣收了，踏踏實實地幹活。

「東家慢走。」

韓掌櫃忙起身，恭恭敬敬地將她們送到門外。回身後，韓掌櫃只感到背脊一陣冷風颼颼。

秦無雙出了門，站在大街上，看著人來人往的集市發起了呆。

一旁的蕊朱道：「小娘子，您在這裡等著，奴婢去叫馬車過來。」

秦無雙抬頭看了一眼天色，豔陽高照、金燦燦的，晃得她眼花撩亂。

「今兒個天氣不錯，回去也是煩悶，不如散一散心吧。」說著，似是想起什麼來，頗有幾分興致道：「我記得西水橋東街上有家李和吉炒栗，甜糯可口、入口即化，味道十分獨特，正好在附近，不如去買些來。」

蕊朱不由得有些納悶，心想，跟隨小娘子這麼多年，從不見小娘子來過西水門店，又怎知這裡有家李和吉炒栗？不過她見小娘子今日心情似乎有些不好，現下終於有了些興致，連忙點頭贊同。

快到李和吉炒栗鋪，秦無雙又吩咐。「買兩份，給半夏和青湘也帶一份回去。」

蕊朱應了，去買了兩份剛出爐的炒栗回來，正要替秦無雙剝殼，秦無雙一把將袋子拿了過去，道：「給我吧，這殼要自己剝才好吃。」

蕊朱沒辦法，只好讓秦無雙自己剝殼，一面囑咐道：「這殼又硬又燙，小心傷了手。」

秦無雙笑著答：「知道了。」說著說著，熟練地剝了一顆熱板栗塞進蕊朱嘴裡。「快嚐嚐味道。」

蕊朱嚇了一大跳，吃也不是，吐也不是，只覺得受寵若驚。細細咀嚼品味之下，果真入口即化，甜糯可口。她連連點頭，嘴裡發出「嗯嗯」的滿足聲。

主僕二人有說有笑，一路沿著汴河往內城閒逛，卻沒留意到有兩個鬼鬼祟祟的身影一直跟隨在她們身後。

「小娘子、小娘子您快看，這絹人兒做的可有意思了。」蕊朱拉著秦無雙擠到一處賣小玩意兒的攤子前，愛不釋手、挑來揀去的，竟將秦無雙忘在身後了。

秦無雙站在一邊，吃著板栗，四處閒看。這一看便看見一個穿著青衣長褲、裹著頭巾的漢子，鬼鬼祟祟地擠到一女子身旁，先是東張西望了一番，最後伸手朝那女子身上摸了過去。

秦無雙不動聲色地挪開目光，繼續流連他處。

上輩子她心血來潮管了一回閒事，結果招來了牧斐這個死對頭，這次她可不想再多事了。只是當她目光一轉，瞥見那青衣漢子從女子身上摸出一個錢袋時，終還是無奈地嘆了一口氣。

那青衣漢子得了錢袋，正欲轉身離去，她手中油紙袋忽地一歪，板栗嘩啦啦地灑了一地，正好灑在青衣漢子的去路上。

那漢子一時不防，踩著了板栗，「啊啊啊」的鬼叫了一番，然後摔了個狗吃屎，還未藏起來的月白色錢袋也脫手飛了出去，正好落到秦無雙腳前。

漢子這一摔，立刻引得路人駐足圍觀、指指點點了起來。

蕊朱聽見動靜，忙丟了手中的小玩意兒，擠開人群，朝秦無雙身邊跑了過來。

那名女子也轉過了身，起初不明白發生什麼事，直到看見地上的月白錢袋，忙向腰間摸去，這才驚覺自己的錢袋被人偷了。

青衣漢子見到口的鴨子飛了，一臉心痛，又見眾人圍向他，忙從地上爬了起來，臨逃前還狠狠地瞪了秦無雙一眼。

秦無雙拾起地上錢袋，朝那女子走了過去。

那女子神色匆匆地迎了上來。秦無雙笑著遞上前，道：「小娘子，一個人出門在外，最好時刻小心些。」

那女子忙伸出雙手接了過去，也沒打開錢袋檢查裡面是否少了銀兩，只細細翻看有無破損。待確認錢袋外觀完好，這才鬆了一口氣，向秦無雙盈盈一福。「多謝……」她似乎不知道該怎麼稱呼，只能抬著一雙清澈的眼眸看著秦無雙。

秦無雙見她一張鵝蛋臉、膚若凝脂、唇紅齒白、高挑身材、婀娜多姿，舉手投足間，盡顯溫柔淑雅；再看穿著打扮，遍身綾羅、戴翠佩珠，一看就是大戶人家中嬌養出來的小娘子，只是不知為何，竟只有她一人在街上。

「我姓秦。」秦無雙笑道。

「多謝秦小娘子出手相助，實不相瞞，今日這銀子丟了不打緊，若錢袋丟了才是大大的罪過，這可是我娘留給我唯一的遺物了。」

原來如此，難怪如此愛惜。

她看了錢袋一眼，月白緞底，質地上乘，用上等銀線繡著雪灘雙鷺圖，那繡法十分精湛，將雙鷺雪中欲飛繡得栩栩如生。

秦無雙不由得脫口稱讚道：「此繡囊材質不俗，繡工更是一絕，看來小娘子的娘親很喜歡雪景。」

那女子溫柔一笑道：「只因為我姓薛，諧音『雪』，故我娘繡了這幅雪景圖。」

正說著，突聞街上有人朝這邊大喊了一聲。「靜姝！」

薛小娘子突然緊張了起來，朝不遠處的酒肆看了一眼，她從錢袋裡抓了滿滿一大把銀子放在秦無雙手裡，道：「秦小娘子，我二哥喚我了，這些銀子權當感謝妳方才出手相助，我先走了。」說完，不待秦無雙反應，便急匆匆地離開了。

聞言，秦無雙整個人如遭雷劈，定在原地，手裡的碎銀掉了一地，呆呆地望著薛小娘子遠去的背影，臉色都白了。

第十一章　裝什麼裝

前世，那個累及秦家滿門被滅的苦主，也就是那個一屍兩命的未來皇后，也叫——薛靜姝。

蕊朱見狀，只以為秦無雙滑了手，趕緊蹲下來撿銀子，又替秦無雙裝了起來。

回過神後，秦無雙顯得心緒不寧的，奈何見蕊朱興致勃勃，只得勉強陪著繼續逛。

主僕二人逛著逛著，走進了一處死胡同。

待她們二人折返時，去路上擋著四、五個壯漢，一個個衣著粗樸、目露凶光，為首的那個手裡把玩著一把鋒利的小刀，其他四人擼著袖子，手裡持著胳膊粗的棍子，一副躍躍欲試的凶狠模樣。

蕊朱嚇得花容失色，下意識往秦無雙身後躲，轉念一想，又繞到秦無雙身前張開雙手，戰戰兢兢地問：「你們是何人？攔著我們做什麼？」

為首那人道：「聽說妳們壞了我兄弟的好事？」正說著，後面又有一人朝秦無雙凶狠地喊道：「死丫頭，方才妳竟敢壞老子的好事，看老子今日怎麼收拾妳！」

原來喊話那人正是偷薛靜姝錢袋的賊人。

蕊朱見了，急忙轉頭朝秦無雙低喊：「小娘子，這下可怎麼辦啊？」

秦無雙一把將蕊朱拉到身後擋著，對那賊人冷笑道：「我就在這裡，有本事你來收拾。」

巷子口，牧斐和安平疊羅漢似的抓著牆角往裡面偷瞧。

安平說：「小官人，不好，少夫人被那幫賊人堵住了。」

牧斐一巴掌拍在安平腦門上，呵斥道：「呸！她是你哪門子少夫人？爺都還沒承認她的身分呢，你就少夫人、少夫人的叫上了，是不是連你也想叛爺了？」

安平忙抱著腦袋連連求饒道：「小官人，小的錯了，是秦小娘子，秦小娘子她們被賊人堵住了。」

牧斐惡聲惡氣地說：「堵住了活該，爺正想等著看她被人收拾呢，正好報了爺心中憋了許久的惡氣。」

安平擔憂地說：「可小的聽說那幫人是鯨殺幫的人，靠燒殺搶掠為生，無惡不作……秦小娘子她們若是落在這幫人手裡，恐怕下場難料。」

「那也是她的事，與爺何干？」牧斐哼道。

安平只好閉上嘴。

不多時，牧斐彆扭地對安平說：「去！給爺找根棍子來，越粗越好。」

安平聽了，忍不住偷笑道：「小官人不是說不想救秦小娘子？」

「呸！誰說爺要救她來著？」牧斐哼了一聲。「爺只是看不慣那幫大男人欺負一娘們而已。」

安平附和著點頭，也不戳破，轉身去找棍子了。

過了片刻，安平回來了，手裡一左一右握著兩塊青磚。

「小官人，沒有棍子，青磚可以嗎？」

牧斐拿了一塊青磚在手上掂了掂重量，點頭道：「就它了。」然後緊盯裡頭動靜，低聲道：「等會兒聽我號令，我說衝就往裡面衝。」

「好，小官人。」安平重重點頭。

眼見五個壯漢大步逼近秦無雙二人，牧斐緊了緊手中青磚，有些緊張地吞了一口口水，正要喊「衝——」，忽見為首那人，面朝秦無雙，「撲通」一聲跪倒在地上。

牧斐和安平一起愣住了，同時愣住的還有那幾個壯漢。

那個老大一臉莫名其妙，低頭瞧去，才發現膝蓋上扎著兩根明晃晃的銀針，頓時氣得齜牙咧嘴的。可不知為何，全身的力量像是被這兩根銀針卸了一般，綿軟無力，竟連手也抬不起來了。

其他壯漢見老大跪在地上不起來也不作聲，六神無主地你看我、我看你，看完之後又看秦無雙。

其中一人慌聲問：「妳、妳對我們老大做了什麼？」

「沒什麼，就是隨手施了點妖術而已。」秦無雙氣定神閒地拍了拍手。

祁宋人重道迷信，尤其對妖術、邪術非常敬畏，幾人一聽，頓時嚇破了膽。

老大朝地上吐了一口唾沫，啐道：「別聽這娘們胡說八道，她用暗器傷我，快去砍了她的手！」

四個壯漢恍然大悟，頓時有種被戲弄的憤然，拎著棍子就朝秦無雙衝了過來，蕊朱嚇得忙抱著腦袋蹲在地上「啊啊」亂叫。

牧斐本已準備現身，卻見秦無雙一副泰山崩於前不改於色的無畏貌，心想這丫頭肯定還有招，便決定再等看看。

只是這一等，險些嚇得他手中青磚砸了腳。

只見四個壯漢猛虎似的撲向秦無雙，秦無雙卻如一隻身姿靈巧的飛燕，貼著其中一個壯漢的棍子滑到他身旁，以一種極為刁鑽的角度反扭住壯漢手中的棍子。

壯漢吃痛，鬆了棍子，秦無雙順勢奪過，對著壯漢的膝蓋就是一記重棍。

「嚓」的一聲脆響，那漢子慘叫著抱著膝蓋倒地打滾。

接著，又見秦無雙身法極其俐落地閃過其餘三人的攻擊，如靈蝶穿花，輕巧地遊走在幾人之間，快得讓人眼花繚亂。

接連幾聲脆響後，那三人紛紛倒地，有的抱著胳膊，有的抱著腿，慘嚎打滾起來。

老大見狀，嚇得抽搐不止。

秦無雙回到老大跟前蹲著，隨手從他膝蓋上拔出銀針，又朝他晃了晃手中帶血的棍子，似笑非笑道：「對付你們，棍子也行。」

那老大發現自己能動了，趕忙磕頭如搗蒜，連聲喊道：「女俠饒命、女俠饒命、女俠饒命，小的有眼不識泰山，得罪了女俠，還望女俠海涵。」其他四個壯漢一聽，趕緊也拖著殘軀跪地向秦無雙求饒。

秦無雙十分大度地笑了笑，道：「既如此，你們且滾吧！」

那些壯漢以為秦無雙開玩笑，起先不敢動，後有人試著起身，見秦無雙並無反應，這才急忙全部起身，互相攙扶著要走。

忽地，秦無雙喊道：「慢著！」

幾人嚇得一顫，定在原地，艱難轉頭，唯唯諾諾地問：「女俠還有何吩咐？」

「好心提醒一下，你們的骨頭被我敲碎了，如果不盡快用西水門秦家藥鋪的續骨膏藥，恐怕就此廢了。」

幾人一聽，嚇得魂飛魄散，趕緊連滾帶爬地往西水門方向跑去，一面彼此催促。「快快快……去西水門秦家藥鋪！」

「小娘子，您的身手何時變得如此厲害了？」蕊朱按捺住心中餘悸，難以置信地問道。

爹希望她做個知書達禮的大家閨秀，她也在盡力裝成一個大家閨秀，可只有她自己知道，她內心裡有匹狂野的馬，遲早會脫韁而出。

她娘是江湖賣藝出身，從小跟著外祖父行走江湖，自有些真功夫傍身。嫁給她爹後，她娘就生生把自己活成了閨中弱婦，打不還手、罵不還口，唯獨對她分外嚴厲。

也因為她自幼稟賦極弱，剛落胎就帶著病，足足病了四十五日，險些一命嗚呼，好不容易活下來了，又是小病不斷。三歲時，她娘想著她體弱終歸是底子不好，為了讓她底子強健一些，開始悄悄逼她練習基本功。最開始是扎馬步，一扎就是三載，後來是站樁，再後來就是柔功等身法。不過，自從娘逼她練功之後，身體的確好了許多，病也生得少了，她的輕功就是在那時練的。

之後，她為了讓娘少受府裡人的白眼，便決定將來向父親要兩間秦家藥鋪來經營過活。她立志學醫，還纏著闞大夫拜了師，多年後，果真接管了兩間秦家藥鋪。

她某日閒來無事，突發奇想，研究起人體骨骼，發現某些骨骼脆而好攻，便將這些骨骼部位定為突破點，將武功和醫術結合，自創了一套卸骨功，只需一些巧力和靈活的身法便能運用自如。

今日，她用的就是這套卸骨功。

蕊朱雖知她自小練功，會一些花拳繡腿，卻不知她已歷經兩世，今時早已不同往日了。

「人沒了退路自然就只能置死地而後生，都是被逼出來的。」說完，扔了手中的棍子，與蕊朱叫了馬車打道回府了。

平時，院門口都會有小廝守著，見了人就往裡報，今日她們回來，院門外卻空無一人。

進入院子後，也比往日安靜，走了一段路，半個人影都沒見著。

「半夏、青湘？」蕊朱邊走邊朝屋裡喊，依舊無人回應。

二人進了屋，屋裡也空無一人，就連平日伺候牧斐的丫鬟、小廝都不在。

「奇怪，大家都去哪兒了？」蕊朱四處看了看，十分疑惑。

「許是府裡有事，都召過去了。」秦無雙走到桌旁的凳子坐了下來。

蕊朱見秦無雙一臉倦色，便道：「奴婢先去為小娘子打些熱水來沐浴。」

秦無雙懶懶地點了下頭。

蕊朱離開後，秦無雙隨手拿起茶壺準備倒 杯水喝，突然頸間一涼，她手上動作瞬間定住了。

垂眼一看，一把泛著寒光的冷劍正架在自己肩上，鋒利的劍刃離脖頸不過半寸。

「妳到底是誰？」

是牧斐的聲音。

秦無雙微不可見地勾了一下唇，繼續倒水。

時值仲春時節，天氣漸暖，秦無雙裡面只穿了件銀紅色撒花齊胸襦裙，外面套了件秋香色薄綾長袖褙子，露出了一大截雪頸。

舉杯喝水時，下頜微揚，順著脖頸拉出的弧度，優美得讓人生出無限遐思，引得牧斐慌了神地大喊：「我我我警告妳，妳可別亂動，我這把劍是真劍，可是飲過血的。」

秦無雙無奈嘆道：「請問小官人到底想幹什麼？」

牧斐小心翼翼地抬劍繞到了秦無雙正面，又飛快落劍按回她肩上，瞅著秦無雙問：「我問妳，妳到底是誰？」

秦無雙平靜地說：「我是秦家三房的嫡女，秦無雙。」

牧斐向地上啐道：「呸！秦無雙可是汴都出了名的大家閨秀，妳根本不是她！」

秦無雙蹙眉。「……你是不是對我有什麼誤會？」

牧斐冷笑。「裝什麼裝？今日發生的事情我都看見了，妳一個弱女子竟能把五個壯漢摺倒，這可不像一個大家閨秀能做的事。」

「你跟蹤我？」秦無雙的聲音冷了幾分。

「誰跟蹤妳了！」牧斐半心虛半理直氣壯地說：「明明是妳鬼鬼祟祟地出門，準又是拿我們牧家的錢去什麼風月場所找樂子去了，爺得盯著妳。」

秦無雙有些無語地揉了揉額角，反問。「所以，小官人的意思是？」

牧斐疾言厲色道：「妳根本不是真正的秦無雙，妳有功夫，卻深藏不露地潛伏到牧家，可見妳居心叵測！」

「噗哧……」秦無雙實在沒忍住，笑出了聲。

「妳、妳笑什麼？」

這推論，她想不笑都不行。

秦無雙好不容易止住了笑，正色道：「誰說真正的秦無雙不會功夫？」

牧斐自以為是道：「一個大家閨秀怎會如此粗野？再說我之前那般戲弄秦無雙，要是秦無雙會功夫的話，想必早就揍得我滿地找牙了。」

秦無雙冷笑道：「原來你也知道自己欠揍。」

牧斐噎了下，臉色有些不好看了。

此前，他被秦無雙誤當成賊絆倒了，還摔碎了鼻骨，到現在他的鼻子一捏還痛呢！除此之外，她當著那麼多人的面賞了他一耳光，誣衊他是淫賊，連聲抱歉都沒說，轉身就跑了。是可忍孰不可忍，向來只有他牧斐欺負別人，那日竟被一個小丫頭欺負了，叫他怎能嚥得下這口氣？

於是，他找戶部侍郎之子幫忙查到了秦無雙的身分。

起初只想給她一點小小的教訓，便跟著她去了布莊，悄悄地在她選的布裡放了一條小蛇，當時秦無雙明明被嚇了一大跳，可見他在門後偷笑，知是他所為，竟像沒事一般走了。她如此無視他，反倒激起了他的鬥志，這才有了之後一而再、再而三的戲弄之舉。

只是，秦無雙辱不還口、鬧不還手，充分表現出一個大家閨秀該有的修養，弄得他也覺得挺沒趣的，本已打算就此收手，誰知他馴馬摔在城牆上傷了頭，昏昏沈沈了半月有餘，到最後，陰錯陽差的，竟是秦無雙來給自己沖喜——這一切巧合太離譜，他想不多想都難。

「實話告訴你，真正的秦無雙不僅會些拳腳功夫，還精通醫理。如你今日所見，我之所以能以一抵五，用的就是自創的『卸骨功』。」

「卸骨功？什麼卸骨功？」牧斐只覺得聞所未聞。

秦無雙便將她的「卸骨功」理論講述了一遍。

牧斐聽了，似覺有理，但仍舊半信半疑。「這麼說，妳、妳真的是秦無雙？」

秦無雙對他笑道：「如假包換。」

「那這麼說，妳嫁給我就更是別有居心了……」他將手中利劍狠狠一壓，威逼道：「妳說，妳、妳嫁給我……是不是為了找機會報復我？」他實在想不出深藏不露的秦無雙嫁給他到底有什麼好處？

秦無雙清冽的杏眼直直地盯著牧斐，忽然出手一把握住劍刃。

牧斐目瞪口呆地盯著秦無雙的手，只見一串血珠從她手心沿著劍刃滑了下來，頓時驚得舌頭直打結道：「妳妳妳……」

秦無雙還沒來得及將劍抽走，牧斐就已經嚇得丟了劍，向後跳開一步，指著她喊道：「妳，瘋、瘋、瘋子！」

秦無雙順勢握住劍，細細端詳了一番，說道：「劍是好劍，就是人孬了點。」

牧斐轉身就朝外走，邊惡狠狠地說：「我現在就去告訴祖母，妳嫁給我就是為了找機會報復我！妳等著……」

一語未了，一柄長劍「颼」地一下，從耳邊擦過，釘在了他的前路上，入地三分，一顫未顫。

牧斐嚇得一屁股跌坐在地上，看著劍刃鏡面上，映著他那張煞白的桃花臉。

好半晌，牧斐才找回自己的聲音，朝秦無雙怒喊道：「秦無雙，妳想殺人滅口不成？」

第十二章　說明白

秦無雙起身，跨過門檻，站在廊下，冷冷地俯視牧斐，嘲諷道：「牧斐，你就這點能耐？遇到事情就只會哭爹喊娘告奶奶的，你還是個男人嗎？」

牧斐聞言，立刻從地上跳了起來，一手插腰，另一手大拇指指著自己的臉，十分不服氣地喊：「誰說爺不是男人，爺可是頂天立地的男子漢！」

秦無雙沈聲道：「那就撿起劍，與我比試比試，我徒手接招，一百招內，你若傷得了我半分，就算你贏。」

牧斐脫口問道：「贏了怎樣？」

秦無雙道：「贏了我就立刻找你祖母退婚。」

聞言，牧斐瞅著秦無雙不說話了，眼珠子賊溜溜地轉著。一面想她話裡的真假；想他一個大男人拿著劍，去欺負一個赤手空拳的女人，似乎有點不公平；又想秦無雙武藝高強，五個漢子都能被她撂倒，何況手無縛雞之力的他？拿劍與她比試，應該不算欺負人……重點是，他贏了就能趕走秦無雙……

沈默了半晌，他拾起地上的劍指著秦無雙道：「這可是妳自個兒說的，看招！」

牧斐雖生在將門之家，但一則因為老太君和倪氏溺愛，害怕他受傷；二則牧守業已有文武雙全的長子牧重光，所以並不重視牧斐的武藝培養，牧斐如今的劍法完全是靠自己胡亂摸索出來的，耍起來完全是狂魔亂舞，毫無章法可言。不過他心裡也怕誤傷了秦無雙，多少有收斂些力道，並未放開打。

而秦無雙對牧斐則是兵來將擋、見招拆招、只守不攻。每每看劍離她不過半寸，她總能輕而易舉避開。如此你來我往，已過了七、八十招，把牧斐累得氣喘吁吁的。

牧斐心想，再這麼下去，近身都難，哪能傷得了秦無雙半分？

他只剩下二十來招，得想個法子才行。

纏鬥間，牧斐無意間瞥見秦無雙那截白天鵝般的雪頸，頓時靈光一閃——她只說若能傷她半分就算贏，既然劍不能傷她，那就用其他法子讓她受點皮肉傷吧。

牧斐遂用劍佯攻秦無雙側腰，秦無雙果然回身躲避，露出後方破綻。他立刻扔了劍，秦無雙聽見劍落地聲響，愣了一下，就這一瞬間，牧斐撲向秦無雙後背，欲抓住其雙手，再朝她肩上咬一口。

誰知秦無雙反應極快，頓時猜出牧斐是在聲東擊西，餘光掃見牧斐撲向她後背，便彎腰一個回扭，沿著牧斐身側滑向他身後。

牧斐見狀，心知此計被識破，便胡亂朝秦無雙抓了去，正好抓住秦無雙的衣裳，他也不管三七二十一的便用力一拽。

不料秦無雙一個金蟬脫殼，泥鰍似的褪下了那件褙子。

再回身時，她只剩裡頭那件銀紅色撒花齊胸襦裙在身。

「你輸了。」秦無雙對牧斐道。

牧斐呆呆地看著手上的秋香色長袖褙子，又看了看秦無雙那赤裸白皙的雙肩，一副被雷劈到了的神情——到底是什麼樣的女人，為了贏，竟然不惜袒肩露背？

呆了好一會兒，他才將手中褙子忿忿擲在地上，像是恨極了，又對它踩了兩腳，啐道：「呸！秦無雙，為了贏，妳還真是不知羞恥！」

秦無雙反唇相譏。「為了贏，你不也是卑鄙無恥？」

牧斐噎住，半晌蹦不出一個反駁的字，只好哼聲道：「爺輸得起，說吧，妳想怎樣？」

秦無雙看了一眼地上的褙子，冷笑道：「我想要你去死，你敢嗎？」

牧斐指著她的臉，就差沒跳起來了，氣急敗壞道：「妳妳妳，妳果然——」

話未說完，秦無雙緊盯著他的眼，反問：「在你眼裡，我就是這樣的壞女人？」

牧斐一腔憤怒頓時哽了回去，看著秦無雙說不出話。

「事到如今，我們就把話說開吧。」

夜風有點涼，秦無雙不想當著牧斐的面去撿他扔在地上還踩了兩腳的褙子，只好一面說，一面往堂屋裡走。

「嫁過來給你沖喜，起初並非我所願，是牧老太君和夫人兩次上我秦家求來的——不過，確實我也有我的私心。」她走到圓桌旁的凳子落了坐，又給自己倒了杯水，繼續說道：

「我家的情況你應該了解，自然也知道我們三房的處境。」

既要說話，牧斐只好也跟著進了屋。

秦無雙見他進來，也替他倒了杯水。

牧斐見狀，走到秦無雙對面落了坐，聽秦無雙娓娓道來。

「我娘出生低微，在秦家雖是三房正妻，卻從未有人將她放在眼裡，連那些下人也不曾；我爹又體弱多病，不良於行，只能在家養著。你也知道，我們秦家靠經商立足，如今秦家所有生意都在大房和二房手裡，三房只能靠祖母幫忙撐著，一旦祖母歸天，三房就只能自生自滅了。所以，我從小拜師學醫，就是為了能有一技傍身，等將來有機會賺了錢，能贍養我爹娘，讓他們晚年衣食無憂。」

牧斐不解。「這與妳嫁給我沖喜有何關係？」

秦無雙道：「牧家指望我過門救你，秦家指望藉我攀上牧家的權勢，而我則利用此次機會，讓我祖母將秦家藥行過給我當嫁妝。有了秦家藥行，我就能靠它們掙錢，有了錢我就能給我爹娘買一座大宅子，將他們接出來住，這樣我就再也不用擔心爹娘晚年無著落了。」

沒想到秦無雙竟是這般孝順的女子，原來她之前對他的隱忍並不是因為怕他，也不是因為她不在乎，而是因為她處境艱難鬥不起，他竟還以戲弄她為樂。

現在想來，牧斐只覺愧疚難當。雖如此，要他說句抱歉的話，卻是一句也說不出口。

心裡正百般糾結，又聽見秦無雙問：「所以，我說了這麼多，你可明白？」

牧斐抬頭，正欲開口，忽然直了眼——

此前，他們在外面，加上夜色朦朧，看得並不清楚。

此刻，他們面對面坐著，又在燈下，牧斐將秦無雙那白嫩香肩同胸前若隱若現的春光盡收眼底。

這一眼看的他心蕩神馳、思緒紛亂，只恍恍惚惚地問：「明白……什麼？」

秦無雙只好點明道：「我給你沖喜，只是各取所需，並無害你之心。」說完，見牧斐若有所思地發著呆，以為牧斐還是不放心，便補充道：「我知道你不喜歡我，你放心，我不會在牧家待太久，你只要半個月後與我訂婚，待我及笄時再找個理由拖延完婚之事。我只要三年，待秦家藥行徹底被我掌控，便與你退婚，絕不反悔。」

三年後的牧家，也會經歷一場翻天覆地的災難，只希望屆時她能來得及阻止一切。

過了半晌，還是沒等到牧斐的回答，秦無雙歪著頭，瞅了牧斐一眼，卻見牧斐一雙丹鳳眼正直直盯著自己胸前看。

秦無雙以為自己活了兩世，好歹算是個有閱歷、足夠淡定的人了，誰知，被牧斐這般火熱地盯著，臉上還是有些掛不住。

只是還沒待她做出反應，牧斐卻突然站了起來，神色極不自然卻又蠻橫地說：「妳故意露個肩是想給誰看呢？」

秦無雙怔住了，有些跟不上牧斐的思路。

不待秦無雙開口，牧斐動作迅速地脫下自己的外衣，胡亂往秦無雙肩上一披。然後以拳抵嘴，咳了一聲，一本正經道：「哼！別以為妳這樣……爺、爺就會被妳勾引走了。」說完，又掃了秦無雙一眼，飛快地轉身就走，撞翻了凳子也不扶，徑直回房去了。

秦無雙整個人已呆若木雞。

好半晌，秦無雙才回過神來，她低頭看了眼肩上的衣裳，心情複雜得無以名狀。

外頭傳來急促的腳步聲，很快，蕊朱、半夏、青湘進來了。

當她們看見院子地上有把劍，還有件褙子，臉色俱是一變，趕忙衝了進來。

「小娘子，發生了什麼事？」蕊朱問。

秦無雙只回了句「沒什麼」，便起身回房了。

蕊朱跟進來，特意把半夏和青湘留在門外，並將方才外面發生的一切告訴她。原來蕊朱從廚房提了一桶熱水回來，一進門就被人攔下了，這才知道牧斐故意將院內所有丫鬟、小廝全都支開了，還命所有人半炷香之內不能進來。

秦無雙聽了也只是點了一下頭，表示知道了。

蕊朱忽見她手心有兩道血痕，慌忙拉過來一看，問道：「這是牧小官人做的？」她細細檢查一番，見傷口不淺，又道：「他怎能對小娘子如此狠心？」

「不是他，是我自己。」

蕊朱傻眼了。「啊？小娘子這是為何啊？」

秦無雙收回手，淡淡道：「若不如此，他是不會善罷甘休的。」

蕊朱只好去找傷藥、紗布來為她包紮。

牧斐回到房裡，只覺得心煩意亂、渾身燥熱，一時也說不出到底哪兒不對勁。

不多時，聞香和一眾丫鬟們回來了，見牧斐在房裡走來走去的，便問：「小官人怎麼了？可是哪裡不舒服？」

「有些熱罷了，趕緊準備洗澡水，爺要沐浴。」牧斐一面吩咐，一面往西屋裡間走，走著走著突然想起什麼，猛地收了腳，轉身問聞香。「上次河清郡王送給我的那瓶續玉膏在哪兒？」

「在櫃子裡收著呢。」

「拿出來，送到東屋去。」

聞香聽了，小心試探道：「那續玉膏可是千金難求的創傷藥，還是波斯國進貢給皇上，皇上賞了清河郡王，清河郡王又轉送給了小官人，極其名貴呢。小官人讓我送去東屋，可是……秦小娘子受了傷？」

牧斐胡亂點了下頭，不耐煩地說：「除了她還能是誰？」

聞香聽了，便找出續玉膏到東屋叫門。

蕊朱掀開簾子，將身子堵在門口問：「聞香姊姊有事？」

聞香透過縫隙往裡面掃了一眼，只見秦無雙已是家常打扮，懶散地靠在炕上，手裡拿著一本不知是書還是帳本一樣的東西正看著，一隻手已經纏上綳帶。

她笑了笑，道：「也沒什麼，聽說秦小娘子回來得晚，沒趕上吃晚飯，就是來問問，可需要廚房做晚飯送來？」

蕊朱心想：東屋的飯食點心自有青湘操心，何時輪到西屋的丫頭過問了？雖不解，但面上還是笑著回道：「就不勞聞香姊姊費心了，我家小娘子還不餓。」

聞香站在門口和蕊朱東拉西扯了一會兒，蕊朱實在不耐煩了，便找個藉口進屋了。見蕊朱離開，聞香也笑著回西屋去了。

牧斐沐浴完，換上了寢衣，丫鬟伺候著將頭髮擦乾，便一一退出去了。

聞香過來，拿著梳子替他順髮。

牧斐問：「藥送過去了？」

聞香答：「送去了。」

牧斐又問：「那她可有說什麼？」

聞香眼珠一轉，笑道：「藥是蕊朱妹妹收的，秦小娘子看了一眼，什麼話都沒說。」

聞言，牧斐低下頭，默默不語了。

過了好一會兒，他才道：「我乏了，妳下去吧，不用在房裡守夜了。」

聞香一聽，忙放下梳子跪在地上央求道：「小官人，就允許奴婢在房裡守夜吧，奴婢保證以後再也不敢冒犯小官人了。」

牧斐直言道：「就算妳不敢冒犯爺，爺也覺得心裡彆扭。」

聞香望著他，咬著唇，泫然欲泣。

牧斐無奈道：「放心，爺並沒有打算將妳怎麼樣，只是……怎麼說呢，打個比方，爺養了隻貓，平日看著牠挺溫順乖巧的，某日，牠冷不防突然跳起來抓了爺一爪，雖然牠還是爺的貓，到底被抓了一回，心裡有芥蒂了，妳可明白？」

聞香委委屈屈地點頭。

牧斐不耐煩地擺了擺手，聞香這才不情願地退了出去。

次早，牧斐起床梳洗更衣後，伸著懶腰出了屋，一眼瞧見秦無雙正與蕊朱、半夏在廊簷下逗弄籠子裡的畫眉。

霞光披彩下，秦無雙穿著一身茜色衣裳，長髮如瀑，頭上插著簡單幾支纏枝珠花，仰首看著懸掛在簷下的金絲鳥籠裡的畫眉。只見她桃腮帶笑，粉面含春，三分嫻靜，七分嬌媚。

牧斐心弦悄然一動。

他故意咳了一聲，三人這才注意到他。

秦無雙見了他也只是神色淡淡的，不以為意。

蕊朱、半夏向他見了禮，便退了下去。

牧斐一會兒看東，一會兒看西，神色不甚自然地蹭到秦無雙身邊，說道：「昨兒個妳說的事情，爺考慮了一番。」

聞言，秦無雙才把目光投了過來，等他繼續說下去。

牧斐清了清嗓子，道：「念妳孝心可嘉，爺就勉為其難地答應了。不過爺可警告妳，爺跟妳只是有名無實的未婚夫妻，妳休得再干涉爺的生活。」

他思來想去一整夜，覺得當初百般戲弄秦無雙本就是他有錯在先，既然秦無雙坦白過門給他沖喜只是為了各取所需，他也就無須擔心她居心叵測。雖說娶一個商門之女為妻，還是用來沖喜的，委實有些丟人，不過比起秦無雙清白盡失，他這倒是小事，畢竟只是做一對假夫妻，還是假未婚夫妻，除了丟面子，他委實沒什麼大損失。

秦無雙眉目一鬆，淺笑道：「好。」

牧斐似又想起什麼，突然警告性地瞪了她一眼。「還有，休得覬覦爺的美色。」

秦無雙：「……」

牧斐妖嬈地摸了鬢髮一把。「爺也知道，整日對著爺的美貌委實很難把控……」

秦無雙迅速打斷道：「你放心，我把控得住。」

「……那就好。」

牧斐古怪地瞅了秦無雙一眼，旋即像心頭巨石落了地般，心情驟然轉好，連帶說話也都輕快了幾分。「既如此，那我們今日就約法三章——一，妳不能干涉爺的事，當然，爺也不會干涉妳的事；二，妳不能覬覦爺的美色；三，妳不能在外大肆宣揚妳牧家少夫人的身分。如果妳能做到，那以後我們就井水不犯河水，相敬如賓，三年後，如期退婚，如何？」

第十三章　相敬如賓

秦無雙轉過頭，看著籠子裡嘰嘰喳喳的畫眉，苦澀一笑。「好。」

此時，一個老嬤嬤過來請牧斐去老太君房裡用早飯，牧斐哼著小曲兒去了，闔府瞧見，個個詫異。

牧老太君見狀，也是大吃一驚，便趁牧斐心情好，委婉地勸了幾句。

內容無非是希望他回家來住，不要整日在外遊蕩；與秦家的婚約肯定是不能退的，畢竟是兩大家族的約定；不喜歡秦無雙也無妨，先相處看看，指不定處著處著就生出感情了，若還是不行，到時再多娶幾房姬妾……

牧斐聽著，竟一一應了，牧老太君吃驚之餘，心裡越發喜歡秦無雙了。她雖不知秦無雙到底怎麼說服斐兒的，單憑能把斐兒帶回來，便讓她打從心裡認定秦無雙是有本事的。

牧家嫡長子牧重光在世時，是個能文能武的奇才，平日最喜歡收藏各類兵器，在他的院子裡，至今還原封不動地保留著他的兵器庫。

牧斐將借來的君子劍放回壁間掛鉤上，正要離開，無意間瞥見兵器庫最深處木架上掛著的銀光軟甲，軟甲旁邊還立著一桿紅纓槍。

那桿紅纓槍曾經跟著牧重光上過戰場，救回了身負重傷的牧守業，牧重光就是在那一戰成名的。

牧斐猶豫了一下，舉步走到盔甲前，抬手輕輕摸了摸，他一面心想自己一個堂堂男兒竟然連秦無雙都打不過，很是不服；又想憑什麼兄長能武，他卻不能從武，非要從科舉出身？一腔忿然激得他一把握住了紅纓槍，有那麼一瞬間，他體內的熱血似能感受到紅纓槍的呼喚，於是卯足了力氣將紅纓槍拔了出來。

不料，這紅纓槍比他想像中沈上許多，根本架不住，他被紅纓槍壓得退後了幾步，好不容易才穩住身體。

他深吸一口氣，用盡全力將紅纓槍拖回去，插回座子上。

做完一切，他早已累得氣喘吁吁，就地坐在木階上，心已灰了一大半。

這桿紅纓槍他連抬都抬不起來，牧重光卻能運用自如上戰場——有的人，果然是他這輩子都無法逾越的高山。

好在這憂愁來得快、去得也快，想著一會兒要去打馬球，牧斐的心情又一下子好轉了。

他起身撣了撣身上的縐褶，哼著小曲兒，出了兵器庫。

旋即帶著一眾小廝，錦衣華服、玉勒雕鞍，又大搖大擺地出門玩耍去了。

自那日與秦無雙立下約定後，牧斐一如既往地出門尋樂，或賞花閱柳，或遊山玩水，或逗球賽馬。

同住一個屋簷下，牧斐竟真的與秦無雙井水不犯河水，見了面也是相敬如賓，三不五時還能坐在一起吃個飯。

看著他們二人和平相處，牧老太君甚是欣慰。

而秦無雙自去了西水門腳店，又回秦家看望雙親一次後，便一直待在宅子裡，除了每日向牧老太君和倪氏請安問好，鮮少出門，只關在房中將秦家藥行十三家的保胎藥都細細研究了一遍。

秦家藥行除了賣各類中、成藥，還賣一些丸散膏劑之類的配方藥，其中最有名的便是保胎藥。秦家保胎藥是祖上流傳下來的秘方，因其用料考究、價格親民、效果又好，故而遠近馳名。

太宗時期，有個貴妃因胎盤不穩，屢有滑胎跡象，貴妃聽說秦家保胎藥好用，便命人去買了偷偷服下，沒想到胎兒竟保住了，最後生下一個白白胖胖的小子。自那之後，秦家藥行便得一特旨——每半年要向宮裡進貢一批保胎藥。

只是秦無雙將十三家保胎藥查了一遍，並未發現保胎藥有任何異常之處。

這些保胎藥都是由正店統一調制後再發往腳店，每半年進貢的保胎藥也是由正店專人配送進宮，不可能出現其他紕漏。

那麼，上一世，給皇后娘娘用的那批保胎藥，到底是哪裡出了問題？

離皇后一屍兩命還有七年，這中間，她必須想個法子撇清關係，阻止秦家藥行繼續向宮裡進貢保胎藥才是。想了幾日，總算有點頭緒了，只是時機還不成熟，只能待日後找到適合的機會再實施。

自從她巡了西水門腳店後，就一直按兵不動，無非是希望用這段時間，讓人把她在西水門腳店的一番作為傳遍秦家所有藥鋪。

只是，單憑她使的那些手段，只能對其他店鋪產生一定的警醒作用，若要真正服眾、讓這些人徹底為己所用還是遠遠不夠。所以眼下，她準備一家家店鋪巡視核帳，樹立威信。

秦無雙算算時日差不多了，便吩咐小廝準備一輛馬車，和蕊朱女扮男裝，前往新曹門腳店巡店去了。

車行至半路，聽到不遠處傳來大喝聲，馬車遂停了下來。

蕊朱撩起簾子詢問車夫發生何事，車夫回是吳越主的車隊進宮面聖，官兵正清道來著。

吳越乃祁宋屬國，祁宋還未統一天下時，吳越曾是偏居一隅的小國，國號吳。祁宋統一南北戰亂後，吳國自降身分，自行免去皇室頭銜改為國主，並向祁宋稱臣，年年進貢，以求護佑。

半年前，皇上下了一道旨意，請吳越主錢喬親自前來朝貢，以表歸誠之心。

吳越主來了，皇上卻說與吳越主一見如故，親如兄弟，委實捨不得他離開，便命人替吳越主造了一座大宅子，誠心誠意地請人住下來，這一住就是半年有餘，幾乎每隔半月，皇上便會邀吳越主進宮一敘。

只有秦無雙知道，吳越主恐怕是再也回不了他的故土了。

一盞茶後，馬車動了。

到了新曹門腳店，早有秦家藥鋪的人等候在門前，一見馬車，便笑著向前問道：「可是新東家？」

蕊朱先下了車，很是詫異。「你怎知我們車裡的就是新東家？」今日巡新曹門腳店雖是提前派人通知了，但這些藥鋪的夥計並未見過秦無雙。

那人笑著說：「我們掌櫃的說新東家現在是牧家的貴人，坐的定是牧家的馬車，就命小的在門口守著，若見了牧家的馬車，定是新東家無疑。」

秦無雙進牧家給牧斐沖喜一事，並未對外公開，所以知道此事的人並不多，如今新曹門腳店的掌櫃知曉此事，恐怕是得了某位堂兄的口風。

說話間，秦無雙已經下了車，那人見了，連忙行禮，又在前頭帶路。

童掌櫃聽見動靜，忙從裡面迎了出來，客氣寒暄了幾句後，便將人領到了後院上房奉茶。上房早有藥鋪裡一干夥計等著，見了秦無雙個個恭敬又謹慎。

秦無雙隨意問了大家一些日常之事，因有西水門腳店的前車之鑒，大夥兒這次有問必答，再無敷衍懶散之態。秦無雙很是滿意，便讓夥計們下去各忙各的。

得知秦無雙是來巡店核帳的，童掌櫃已將鋪內近兩年的帳目全部呈在案子上。

歷來每家藥鋪的帳目都分為底簿和抄錄簿，底簿由店鋪存底，抄錄簿交上去查帳，祖母派人送到她手裡的帳目都是抄錄簿。核帳就是核實抄錄簿和底簿是否一致，是否存在瞞報、假帳等。往年，秦家藥行所有腳店的帳目一應上交給正店總管，也就是朱帳房核帳。她那些管理藥行的堂兄因不懂藥理，不清楚行貨進溢價，所以從不親自核帳，故而十三家藥鋪幾乎無一不欺上瞞下做假帳。

童掌櫃自是和其他掌櫃一樣，等著看秦無雙這個黃毛丫頭究竟有幾斤幾兩，兩年的帳目核對，非一朝一夕能完成，她若真有本事，那才叫他們心裡服氣。

童掌櫃原本是想留下來照應的，無奈店裡來了客，一時少不了他，他便賠了罪，到前面應酬去了。

轉眼到了晌午，蕊朱擔心秦無雙肚子餓，便悄悄去街上看看有什麼好吃的，給秦無雙買些回來。一時，後院上房裡就剩秦無雙一人埋頭看帳本。

突然間，身後「咚」地一聲悶響，秦無雙一轉頭，只見一把帶血的匕首尖，悄無聲息地抵在自己脖子上。

「別動！」那人在身後順勢勒住她的脖子威脅道。

秦無雙依言不動，眼珠子向後一掃，瞥見那人穿著一身黑衣勁裝，似蒙著臉；力道如鎖，想來是個身材高大的男子。

自那男子闖進屋裡後，空氣中隱隱約約瀰漫著一股血腥味，加上他的氣息紊亂，秦無雙心裡猜想此人身上應是受了重傷。

男子拖著她起身往窗邊，推開一絲縫隙向外一瞧，街上有官兵到處在尋什麼人，正鬧得雞飛狗跳。

此時，院子裡響起急促的腳步聲，那人立刻放下窗戶，一手勒著秦無雙的脖子，一手舉著匕首指門。

看他這架勢，若是門外有人闖進來，定會血濺當場。

第十四章 訂親

蕊朱的腳步她很熟悉，門外這步子雖重卻虛，顯然不是蕊朱的，會在這個時候急匆匆地跑進來，想來只有童掌櫃。

秦無雙鎮定地向門外喊了一聲。「童掌櫃，留步吧。」

那人一聽，立刻將匕首調轉，再次抵住了秦無雙的脖子。

外面的腳步聲果然停了下來，童掌櫃在門外喊道：「新東家，可是不方便見？」

秦無雙輕輕嚥了一下口水，道：「嗯，茶水翻倒在身上，丫頭已經去買替換的衣裳了。」

秦無雙雖是女扮男裝，童掌櫃卻知道她是女兒身，自有她的不方便，聽了後，便笑道：「既如此，那我就不打擾新東家了，只是此刻外面官兵在抓捕人犯，正滿大街的搜，特來提醒新東家一聲。」

秦無雙道：「我知道了，去忙吧。」

童掌櫃應了聲是，又到前頭忙去了。

身後之人顯然鬆了一口氣，將匕首稍稍離開了秦無雙的脖子，只是勒住她的手一時不敢放開。

一時間，那人沒說話，秦無雙也沒說話，二人就這樣原地僵持著。

不過秦無雙從對方呼吸的粗重，與勒住自己脖子時緊時鬆的力道判斷，此人心裡恐怕正糾結著要不要殺了她滅口。

秦無雙當機立斷開了口。「我不認識你，更不想知道你是誰，只要你從我這屋裡離開，我們從此便各不相干。」

那人還是不說話，只是呼吸似乎弱了些。

秦無雙皺了皺眉，正待繼續周旋，那人突然身體一滑，「咚」的一聲，摔在地上。

過了一會兒，她才轉過去身去，對方果然是個身材高大的蒙面男子。

那男子一手捂住肚子，另一手握住匕首抬了兩下，卻沒能抬起來。他充滿戒備地盯著她，一雙鋒利的眼睛有如孤狼一般，透著高傲與凶殘，最終不甘地閉上眼睛，徹底昏死了過去。

秦無雙蹲了下來，上下看了看那男子，只見男子腹部有一處貫穿傷，似是劍傷，正血流不止。因未傷及要害，才沒立刻要了他的命，但若讓血繼續流下去，只怕凶多吉少。

「唉……」秦無雙嘆了一口氣。

新曹門後方就是金水河，後門下面常年拴著一艘烏篷船，以備不時之需。秦無雙替那人簡單處理了一下傷口，將血止住，便拖著他藏在烏篷船內，解了船繩，讓烏篷船順流下去了。

回來後，秦無雙又將屋裡的痕跡清理了一番，繼續回到案邊核帳，總算趕在掌燈前將帳目核完，果真有些爛帳、假帳摻在裡面。她並未當著童掌櫃的面對質，只是將那些爛帳、假帳用紅筆勾了出來。

事後童掌櫃翻閱帳本，一見所批之處，冷汗頓時嚇得冒了出來，這才將西水門腳店的傳言信了八、九分。

他想著新東家年紀輕輕，竟有如此本事，以後再想糊弄定是難了；又想著新東家既然已知這些爛帳、假帳，卻未追究，可見是個仁慈的主兒，他們以後定要兢兢業業，將以前那些壞心眼都收起來才是。

當夜，秦無雙便聽蕊朱嘮嘮叨叨地說著今日有個刺客刺殺吳越主，事敗後逃往了新曹門，鬧得滿城官兵嚴加搜捕，幸虧她們沒四處亂逛，否則撞上刺客就不得了了。

因當初兩家議定，秦無雙進門沖喜時無須大辦，是以，汴都城除了牧家與秦家，幾乎無人知道給牧斐沖喜的人是秦無雙。如今，牧斐醒了，牧家少不得要兌現承諾，便準備大張旗鼓地讓二人訂婚。

這日算來最吉，牧家請了媒人，準備了珠翠、首飾、金器、銷金裙褶、緞疋茶餅，牽送兩隻羊，裝上了大花的四罐酒樽，用綠銷金酒衣蓋上，酒擔用紅綠鍛子繫上，敲鑼打鼓地送往秦家。

秦家得了禮後，備了紫羅疋緞、珠翠鞋鞍等，又有兩只空酒碗，放滿清水，投入四條金魚，一雙金魚筷，兩顆彩帛做的蔥，掛在水罐外面，作「回魚筷」送往牧家，這才算是正式訂了親。

能與牧家結親，秦家自是很有面子，訂親當時，大擺三天流水宴，恨不得將合族裡所有親戚、街坊鄰里、生意上的往來夥伴，全都一一請個遍。

牧家倒是低調許多，訂親這日，只請了合族裡的親戚來家一聚。

因秦無雙已過了門，斷沒有將她送回待字閨房的道理，再者她已出了秦家的門，秦家也不會再將她接回去。是以，她只能在牧家待著，分房而住，待及笄後成大禮。

雖是訂親，卻沒秦無雙與牧斐的事，故而牧斐照樣一大早出門走馬觀花鬥酒去了。

秦無雙閒來無事，便與蕊朱、半夏在園裡散步。

走到一半，就聽見有人在那裡笑著談論。「……我當是什麼人，原來是個不入流的商門之女，據說她母親還是江湖賣藝出身的，當初也是為了給秦家三郎沖喜才進的家門，果然他們家的女兒生來就是給人沖喜的。」

「他們這樣的身分，高攀上我們牧家，真是祖上燒了高香，只可惜委屈了我的斐哥哥，跟她站在一起好處沒有，倒被折辱了。」

「說得是呢，這年頭，野雞也能飛上枝頭當鳳凰了……」

蕊朱氣不過，想要上前理論。

秦無雙正要阻止，半夏搶先拉住了蕊朱。「蕊朱妹妹，不過是幾個遠房親戚私下嚼舌根，我們若是上前理論，恐會惹得一身腥，他們橫豎今日就會離開，不如罷了。」

秦無雙看了半夏一眼，沒想到她小小年紀能有如此沈穩之心，倒是難得。

蕊朱心下不平，見秦無雙也是一臉認同，只好作罷。

主僕三人轉身欲往回走，那邊有人朝她們喊了一聲。「那頭的可是半夏？」

三人只好止步，半夏轉身，對著走過來的幾位女子見禮。「問各位小娘子好。」

「遠遠看著像妳，果真是妳。」牧綺玉說著，繞到秦無雙跟前，一雙無禮的眼睛瞅著秦無雙上下打量了起來，問道：「這位看起來倒是面生……」

半夏忙笑著接話道：「這位是我們家秦小娘子。」

牧綺玉頓時了然，愈發笑得尖酸，向秦無雙嘲道：「原來妳就是給斐哥哥沖喜的那女子？秦家不愧為商門之戶，精於算計，連兒女的婚姻都能當買賣，這會兒趁虛而入，倒是為妳謀了一門好親事，不然，以妳的身分恐怕給斐哥哥提鞋都不配。」

秦無雙淡淡地看了牧綺玉一眼，眉尖若蹙，並未搭理。

蕊朱聽了，忍不住瞪著牧綺玉忿忿道：「配與不配，也不是妳說了算。」

牧綺玉黑著臉瞅向蕊朱問：「妳又是誰？」

半夏忙打岔道：「綺小娘子，既然秦小娘子已與牧小官人訂了親，以後就是牧家的準少夫人，還望綺小娘子慎言。」

牧綺玉冷笑道：「只是訂了親，又不是成親，最後能不能成還得看斐哥哥的態度。我可都聽聞香說了，這個秦小娘子在老太君和斐哥哥之間挑撥離間，還氣得斐哥哥離家出走，至今尚未——啊！」正說著，突然有什麼東西砸中了牧綺玉的髮髻，打得髮散釵斜的，嚇了她一大跳，忙四下張望，喝道：「是誰?!」

「哎喲，實在對不住，一時失了準頭，原是要打鳥來著。」只見幾丈遠的假山上，牧斐錦袍玉帶、吊兒郎當地歪靠著石頭，嘴裡叼著一枝新開的海棠花，手裡把玩著彈弓，似笑非笑地看著這邊。

安平就蹲在他旁邊，朝這裡嘻嘻一笑。

牧綺玉一見是牧斐，連忙滿臉堆笑跑了過去，仰頭朝牧斐甜甜地喊了聲。「斐哥哥，原來是你。」

牧斐瞅了她一眼，蹙眉含糊地問：「妳是？」

牧綺玉春色一凍，僵硬地說：「斐哥哥不記得我了嗎？我是綺玉呀，牧綺玉。」

牧斐想了又想，實在想不起來，便轉頭看向安平。

安平忙提醒道：「她是北街上七房裡第五房中的……」

「罷了。」牧斐懶得聽完，呸掉嘴裡的海棠花枝，撩起衣袍，起身從假山上跳了下去。立定身子後，他撣了撣衣裳的縐褶，正眼都不瞧一下牧綺玉，徑直走到秦無雙面前，自然而然地拉起她的手，一面走，一面說：「到處找妳，竟跑這裡來了，走，我得了一個新玩意兒，回去教妳玩。」

秦無雙微微吃驚，後反應過來是在作戲，便任由牧斐牽著自己的手往回走了。

牧綺玉一群人看著牧斐與秦無雙一副親密無間的樣子，一時臉都綠了。

「你不是出去玩了嗎？怎麼又回來了？」秦無雙忍不住問。

牧斐漫不經心地回答。「東西落了，回來取。」

秦無雙了然，低頭跟著走，一路無話。

快到紫竹院時，牧斐鬆了手，停下腳步問她。「平日瞧妳一副牙尖嘴利的模樣，比誰都會說，怎麼今日讓一個外人壓制住，罵都不還口了？」

第十五章　有恩必報

秦無雙態度慵懶道：「多一事不如少一事。」

牧斐想起之前他百般戲弄秦無雙時，秦無雙也是這樣一副愛理不理、不以為意的樣子，似乎誰都入不了她的眼一般。

一想到在她心裡，他就如同那些外人一樣，便莫名感到有些不爽，賭氣道：「還是老樣子，平白讓人以為好欺負，爺白安好心幫妳這一回了。」

秦無雙見牧斐臉色不佳，心裡不明所以，只好說道：「有些人根本不值得我去在乎，我又何必多費唇舌？再者，我這個人也不是那麼好欺負的。」她頓了頓，轉而向牧斐笑道：「不過，今日還是要謝謝你。」

牧斐踢了地上的石子一腳，隨口道：「謝我做什麼，爺不過是看不慣有些人裝腔作勢罷了。」實際上是他可以欺負秦無雙，但就是見不得別人欺負秦無雙。

秦無雙看著牧斐，抿嘴一笑，彷彿他心裡的那點小心思早已被她看穿了。

春光明媚、花開無聲，清風徐來、巧笑倩兮，秦無雙這一笑，頓時又讓牧斐心跳加速、手足無措起來。

須臾，牧斐發現自己失態了，遂斂色轉向他處，吞吞吐吐道：「我、我雖與妳只是作戲，但、但名義上妳仍是我的未婚妻，外人瞧不起妳，就是瞧不起我牧小爺，自是不能、不能讓別人看輕了妳……妳、妳可千萬別胡思亂想。」

秦無雙收了笑，道：「你放心，約法三章我還記得。」

接下來的兩個多月，秦無雙將秦家其餘藥行巡了一遍，利用巡查的機會，該辦的挑出一、兩個不服的狠辦，該賞的統統有賞，又告知各處以往的爛勾當可以既往不咎，但日後再犯必定嚴懲不貸，如此恩威並施，總算立了些威信。

眼下也就只剩朱雀門正店尚未巡查，因有師父關神醫坐堂，私下也時常互通聲息，她並不急著去收拾正店——主要是正店裡有朱帳房這麼一號難以處理的人物，她需要好好謀劃謀劃。

這日，她依舊女扮男裝，帶著蕊朱去了正店。

朱帳房和正店掌櫃早得了消息，在外候著她。

見了她之後，一眾人忙領到二樓閣樓獻茶，例行公事問候了一番，秦無雙便命眾人退下，只留朱帳房，直奔正題。

蕊朱將木盒打開，從裡面取出一冊帳本遞給秦無雙。秦無雙接過，隨手翻了兩頁，一面道：「朱先生，去歲因淮河流域天氣惡變、霜凍極寒使得龍腦樟樹大批凍死，導致冰片產量下跌，進價上溢了四成；今歲卻是龍腦樟樹大豐收，為何帳本上冰片的進價還是去歲的價格？」

那朱先生早已驚地背脊冒汗，絞盡腦汁都想不出個合理的解釋糊弄過去，只好唯唯諾諾道：「這、這許是記錯了，未來得及更改。」

秦無雙皮笑肉不笑地問：「那也就是說今歲進價已改，只是朱先生記錯了？」

「……是、是的。」

「既如此，那請朱先生將今歲進價有錯的這一批差價補上吧。」

朱先生心道：好生厲害的小丫頭！卻又不得不應承。「……遵、遵命。」

他心想，秦無雙只是個小娘子，能有多大能耐？被她發現一、兩處錯漏應該只是偶然，連秦家幾位爺兒都被他玩弄在手裡，何況一個黃毛小丫頭。再說，他在秦家藥行做了十年帳房，幾乎掌控著秦家藥行的命脈，若真把他逼急了，休怪讓她吃不完兜著走。

誰知，秦無雙突然將帳本一合。「朱先生。」

乍聽秦無雙喊他，朱帳房莫名打了一個哆嗦。

「春風樓的溫柔鄉雖好，可也要小心花柳病，若是讓夫人知道了，恐會拿刀來店裡鬧，還望你收斂些。」

朱帳房之妻有個響噹噹的外號，叫做「胭脂虎」，是汴都城裡出了名的悍婦，拿刀滿大街的追攆朱帳房已是街坊鄰居人盡皆知之事。

前世，她就已聽說正店的朱帳房經常瞞著妻子去春風樓偷腥，後來不慎染上了花柳病，最後也是死於花柳病。

因她只是聽說，並不確定是否屬實，故前些日子還託師父留心朱帳房舉動，這才確定朱帳房的確包了春風樓的小嬌娘。而那個小嬌娘近來經常出沒幾大醫館，恰好有家醫館的大夫與師父熟識，由他那裡得知那小嬌娘得了花柳病，正四處求醫問藥。

朱帳房聞言，臉都白了，難以置信地盯著秦無雙。「妳、妳怎知道……」話未說完，他急忙捂住嘴，心裡一時六神無主起來。

秦無雙道：「我橫豎有我的手段，既然話已至此，我們就打開天窗說亮話。先生也知道，我一個小女子剛接手這偌大的秦家藥行，也是艱難，若先生能向我保證忠心，一則，我可以繼續替先生瞞著此事，不讓夫人知曉；二則，先生也不用再偷偷摸摸去外面求醫問藥，我保證醫好先生身上的花柳病，不知先生意下如何？」

朱帳房是個再精明不過的人，聽了之後，心中自有謀算，便假意笑著應承了。

秦無雙下樓，見了關大夫，二人面上裝作不識，秦無雙暗中遞過去一個眼神，表示暫時穩住了。

關大夫不動聲色地抵拳咳了一聲，示意明白。

出了鋪子，蕊朱叫來馬車，秦無雙正要上車，忽聞有人朝她喊道：「兄臺，留步。」

秦無雙轉身，見一名藍色錦袍男子迎面而來，那男子身材高䠷，精瘦中透著幾分健碩，八字沖天眉、高鼻俊目、薄唇長臉，有一種高嶺之花的奪人秀色。

那男子身後跟著一個人，勁裝打扮，眉目冷冽，腰側別著佩劍，手上捧著一個半尺高的梨木雕花填漆箱子。

二人徑直走到她跟前，也不說話，只是定定地看著她。

「方才可是在叫我？」秦無雙問。

男子面無表情地點了下頭。

「敢問你是？」見男子如此肯定，秦無雙卻一時想不起對方是誰。

那人惜字如金道：「錢白。」

秦無雙想了想，記憶中並無錢白這號人物，再者對方喚她兄臺，可見並不知道她的真實身分。

「抱歉，不認識。」說完，她不想與那人糾纏，便要上車，錢白卻抬手攔住了她的去路。

秦無雙皺眉，心下警覺起來。「你這是做什麼？」

錢白言簡意賅道：「報恩。」

「報恩？報什麼恩？」秦無雙聽得莫名其妙。

錢白鄭重道：「救命之恩。」

秦無雙以為自己聽錯了，不由得反問。「這位公子……你莫不是認錯人了？我並不記得自己救過誰的命。」

錢白語氣堅定地說：「沒錯，就是你。」說完，他抬起雙手，一手遮住口鼻，一手遮住額頭，單單露出一雙眼睛來。

那是一雙孤狼般的眼睛，高傲、凶殘，還有絲絲不甘。

秦無雙頓時想起錢白是何人了——他就是之前闖進新曹門腳店持刀挾持她的那個受傷神秘人。

她心中不由得生出幾分驚駭。能在汴都城中找到她的下落，可見此人本事不小；又在身受重傷時被官兵大肆搜捕，看來此人並非常人。

這樣的人最好離遠點，她可不想惹禍上身。想畢，她便冷著臉道：「我不認識你，也不想認識你，告辭。」說完，帶著蕊朱急急地上了馬車。

車行了好一會兒，蕊朱撩起後車簾瞧了一眼，驚道：「小娘子，那兩人還跟著我們呢！」

秦無雙湊頭一看，果見錢白和那名男子還跟在馬車後面，放下簾子後，秦無雙立即吩咐車夫加快馬速。

一頓飯的工夫過去了，再次掀起車簾一看，錢白他們竟還跟在後頭——她坐著馬車，錢白他們只是徒步，卻能緊跟不放，可見二人恐怕是深藏不露的高手。

照這樣看來，人是甩不掉了，再這麼下去只怕會跟到牧家，到時候說不定又惹出什麼是非來。

思來想去，她只好先命馬夫停車。

蕊朱忙打起簾子，秦無雙坐在車內，冷著一張臉問：「二位跟了我們一路了，你們到底要做什麼？」

錢白見車停下，快步上前，從身後男子手裡接過小箱子，強行塞到秦無雙手裡，道：「這些，是用來報恩的。」

秦無雙不解，垂眸打開一看，裡面滿滿的金銀珠寶，看起來價值不菲。這報恩的方式真是簡單又粗暴，只是在秦無雙眼裡，委實讓她受之有愧。

秦無雙有些頭疼地按了按額角，坦言道：「我當初並非真心想要救你，只是怕你死在我的鋪子裡，會給我引來很多麻煩而已，你真的不用放在心上。」

錢白抿著唇，低頭想了會兒，才道：「我不管你是否出自真心，總之是你救了我的命，我錢白一向恩怨分明，有仇必報，有恩必還。」

看錢白這態度，若她不接受他的報恩，不知會廝纏到何時，秦無雙蓋上蓋子，將箱子遞了回去，說道：「在你眼裡是恩，在我眼裡卻是個麻煩。不過，如果你堅持要報恩的話，不如去白礬樓請我吃一頓好的，就當扯平了，至於這些就免了吧，我怕折壽。」

錢白劍眉微蹙，似有所猶豫。

第十六章　吃飛醋

秦無雙見狀，便道：「你若不願，便罷了，只是這些東西，我是不會收的。」

錢白一臉凜然道：「我去。」

秦無雙瞧他那態度，不像去吃飯，倒像是要奔赴刑場似的，轉念一想，官兵都在大肆追捕他，也許是他的身分不能見光吧，便又道：「這事不急在一時，改日再約也是一樣的。」

錢白卻堅持道：「就今日。」

聽他那口氣像是想把恩情趕快還完，以後再也不想有所牽扯似的，秦無雙覺得這樣也好。

幾人來到白礬樓，夥計見了，朝身後招了招手，便有一頗具姿色的酒娘子同夥計一齊出來，笑著將他們迎了進去。

想著錢白身分或許不便，秦無雙便表示要去三樓雅間。

說是雅間，也不過是在坐席兩面懸了簾子隔開，坐席或是圍著天井，或是臨窗設立，好歹比一樓、二樓的人少些，也隱蔽些。

酒娘子熱情道：「二位客官，可要點些什麼菜？」她的目光在秦無雙和錢白二人臉上來回流連，似乎不知該詢問誰是好。

錢白身後的男子見狀，立即橫出劍鞘擋在酒娘子身前，黑著臉命令道：「退後一步。」

酒娘子臉上的笑容僵住了，下意識地向後退了一步，又悄悄瞄了錢白一眼，八成是在猜想對方是什麼身分。

秦無雙怕酒娘子多心，便笑著道：「我這朋友自幼怪癖，素來不喜生人靠近，一靠近他就渾身不自在。」

酒娘子聽了，頓時釋然，立即堆笑往秦無雙身邊湊來，風情萬種地問她要點些什麼。

秦無雙便順勢點了白礬樓的幾道招牌菜：酒醋蹄酥片生豆腐、汁青雜煨胡魚、鵝掌鮓、雕花蜜煎、蟹釀橙，再配上兩份時節鮮蔬。

那酒娘子又問：「客官要喝什麼酒？」

祁宋酒樓裡通常都有酒娘子伺候，她們長得雖不算貌美如花，也是頗有幾分姿色的。酒娘子透過勸客人喝酒提幾分酒利錢，碰上大方的金主，還會給些小費。是以這些酒娘子無不使出渾身解數討好客人。

秦無雙卻笑著說：「金雲茶一壺。」

那酒娘子一聽，笑容頓時消失了，客人若是不點酒，她就得不到提成，故馬上就悻悻然直起身來，說道：「客官請慢坐，稍後就會送來。」

酒娘子下去後，立刻有兩個夥計送來一壺茶，替他們倒上，還擺了些精緻的果碟小菜。

秦無雙正要端起茶杯喝茶，錢白身邊的男子從身上掏出一根銀針，在錢白的茶杯裡試了一下，舉在手裡看了看，然後對錢白做出一個「請用」的手勢。

秦無雙端著茶杯看著他們，一時喝也不是，不喝也不是。

錢白見她神色怪異，只說：「他是我的侍衛，吳三。」

過了一會兒，秦無雙見錢白沒有要繼續解釋下去的意思，便點頭佯裝喝茶。

不多時，菜已上齊，秦無雙拿起筷子正要挾菜，吳三再次拿出銀針對著每盤菜都插了一下，確定沒有任何問題後，錢白才開始動筷。

這架勢……

秦無雙心裡直後悔，她不該提出請客報恩的，這一頓飯委實吃得七上八下又索然無味，她不由得猜想錢白到底是什麼身分……

二人皆不說話，悶悶地吃著菜。

秦無雙越發覺得尷尬，想找些話題聊，又沒什麼好聊的，想了想，差不多意思到了，便放下茶杯，準備告辭。

錢白也覺得不自在，卻不知該說什麼好，他原本只是要報恩，許恩人以金帛了事，誰知會生出請客吃飯這等事端。

礙於恩情，他只能答應，不過他一個人男人和另一個看起來娘裡娘氣的男人共餐，心裡很是彆扭，卻又不得不陪下去。

他見秦無雙不停地喝茶，便想出於禮貌替她倒一杯茶。

不料他剛提起茶壺往秦無雙面前送，秦無雙便冷不防放下茶杯，兩相不備，撞在一起，茶壺打翻了，茶水潑灑在秦無雙身上。

秦無雙立刻從椅子上站了起來，手忙腳亂地抖落灑在身上的茶水殘渣，蕊朱也趕緊上前替秦無雙拍打著。

錢白也站了起來，手足無措地看著秦無雙，滿臉歉意。

那茶水畢竟是滾燙的，連帶著衣裳都燙了，秦無雙只好將前襟扯開了些，不讓布料貼著肌膚，免得燙得更厲害。

錢白見狀，趕緊脫了自己的外衣塞給吳三，一個大跨步上前，伸手就去扯秦無雙的衣裳。

秦無雙一個不防，被錢白的手碰了正著，三人齊齊一愣。

蕊朱看著錢白貼在秦無雙領口上的雙手，兩顆眼珠子嚇得險些從眼眶裡迸了出來。

秦無雙低頭看著按在胸口上的手，杏眼圓睜，一動不動。

錢白起初先是一愣，旋即覺得不對勁，低頭細看，才發現手下高低起伏，別有一番柔軟，整個人瞬間如遭雷劈。

恰此時，牧斐同段逸軒也到白礬樓吃飯，夥計和兩個嬌媚的酒娘子領著二人上了樓，途經此處，正好目睹這一幕。

段逸軒看著秦無雙，訝然道：「文湛，這不是你表弟……」

一語未畢，只見牧斐二話不說，風也似地上前一把揮開錢白的手，又猛地推了他一掌。

錢白顯然還沒有回過神，被牧斐這麼一推，向後趔趄了好幾步，幸虧吳三及時穩住了他。

吳三立刻護在錢白跟前，拔劍指著牧斐，眼裡殺氣騰騰。

秦無雙這時終於回過神，忙將牧斐拉到身後，對吳三道：「他是我朋友，別緊張。」

牧斐不滿秦無雙擋在他前面，一把將秦無雙推開。他指著錢白氣勢洶洶地質問道：「你是誰呀？方才你的手往哪兒摸呢？你想幹什麼？」

錢白意識到自己方才的行為冒犯了秦無雙，不由得面紅耳赤。他垂著頭，支支吾吾地說：「我、我、她……衣裳上有茶水，燙，不能穿……我的、我的可以穿。」

原來他是擔心浸了熱茶的衣裳會燙傷秦無雙的皮膚，便想趕快替秦無雙把衣裳脫下來，換上自己的，卻萬萬沒有想到秦無雙是個女兒身。

段逸軒見一地的茶水，又見秦無雙身前衣衫濕透，這才弄清楚原委。他用扇子拍了一下手，上前拉著牧斐勸道：「文湛，你發這麼大脾氣做什麼，大家都是男人，幫忙換個衣裳而已。」他一面說，一面笑著朝秦無雙走過去，又道：「鄭兄，你衣裳都濕了，不如換成我的吧，我的才剛洗好，還香著呢！」說著，就要脫衣裳。

牧斐一把拉回段逸軒，扔到一邊，啐道：「吥，我的人還用不著你一個外人幫忙。」說完，他脫下自己的外袍丟給蕊朱，喝令道：「還快不陪她找個地方更衣？」

蕊朱嚇得一抖，忙接了外袍欲扶秦無雙離開。

秦無雙瞧牧斐那一副抓到老婆紅杏出牆的神情，不由得好氣又好笑。眼下衣裳上的茶水已涼透，她便從蕊朱手裡扯過牧斐的外袍遞還給他，一面說道：「不必麻煩了，一點茶水而已，不礙事的。」

「不礙事？」牧斐也不伸手接，只是直直地盯著她，陰陽怪氣道：「怎麼，難道妳還打算留下來與此人共餐？」

秦無雙頓時覺得牧斐管得太多了，皺眉反問道：「我留不留下來，和誰共餐，與你何干？」

牧斐走到秦無雙面前，近得幾乎臉貼臉，低聲對她道：「容爺提醒妳，可別忘了我們之間的約法三章。」

秦無雙聽了，眉頭緊皺，冷笑著反問。「敢問我犯了約法三章裡的哪一條？倒是你，可是忘了約法三章裡的第一條。」

牧斐抿了抿唇，辯無可辯，他轉頭瞄了一眼錢白主僕，心下莫名悶得慌，乾脆一屁股坐到椅子上，抱著雙臂，翹起二郎腿道：「既然如此，那爺正好留下來與你們一起吃，不過你們放心，今日這頓，爺請客。」

秦無雙忍無可忍地瞪著他問：「牧斐，你非得與我作對嗎？」

牧斐先是斜了錢白一眼，然後故意扯大嗓門對秦無雙說：「呵！爺哪是在與妳作對，好歹妳現在也是我牧家的人，爺得防著有什麼惡人盯上妳，這也是為妳好。」

段逸軒越聽越糊塗，卻又不敢隨意插嘴發問。

錢白聽了，臉色發青，卻也只能隱忍著不說話。

秦無雙待不下去了，將牧斐的外袍往牧斐頭上一扔，然後對著錢白客氣道：「錢公子，你我之間就算兩清了，告辭。」說完，帶著蕊朱急急離去了。

牧斐立即起身給了錢白一記警告的眼神，然後迅速抓起外袍追了出去。

趕上秦無雙後，牧斐又開始陰陽怪氣道：「喲，還錢公子？還說什麼『你們之間就算兩清了』，如此糾纏不清，難不成那人是妳的老相好？」

秦無雙停住腳，轉頭瞪著牧斐，沒好氣地說：「是又如何，不是又如何？」

第十七章　委以重任

牧斐一臉理直氣壯道：「秦無雙，妳可別忘了，妳我可是有婚約在身的。」

秦無雙氣笑了，只管瞅著他不言語。

牧斐與秦無雙對視了片刻，便忍不住目光閃爍，心虛地移開視線，撇嘴哼聲道：「雖、雖然是假的，但好歹名義上是真的，若是讓人得知妳背著牧家在外面招三惹四的，丟的可是牧家的臉面。」

秦無雙扶額半晌，終是萬分無奈地說：「他只是一個路人，以前是，以後也是。」

牧斐聽了，這才欲笑不笑的作罷了。

不日便是當今太后七十五歲壽誕，皇上於景福殿大擺壽宴。

屆時，汴都城裡上了品的命婦和貴女都得前去為太后賀壽。

秦無雙本以為此事與她無關，不料太后竟然親自點名要她進宮。

這日，牧老太君、倪氏等女眷俱是按品大妝準備著，秦無雙因無品階，便只穿了一身較為盛重的禮服，隨著牧家馬車逶迤進了宮。

牧家是當今太后牧花朝的娘家，是以馬車到了歇馬樁後，剛停下，便有太后宮裡的人前來迎接，直接領進了寶慈殿。

眾人見到端坐在寶座上雍容華貴的太后，便齊齊跪地請安賀壽，並說了一些吉祥話。

太后特地拉著牧老太君的手同坐，敘了敘此段時日未見的情懷；又叫來牧斐，嘘寒問暖了一番，並囑咐了學問上的事情，這才留意到秦無雙。

「這位可是斐兒的新婦？」

牧老太君忙道：「是她。」一面又對秦無雙喊道：「快過來給太后磕頭。」

秦無雙依言上前，到太后寶座前跪地叩了個響頭。「無雙給太后娘娘請安，賀太后娘娘萬壽無疆。」

「好孩子，起來吧。」

立刻就有宮中侍女前去扶起秦無雙。

太后上上下下端詳了秦無雙一遍，笑著點頭道：「老身瞧這孩子倒是投緣得很，你們且都退下吧，老身要同這孩子說些體己話。」

牧家的人一聽，雖有驚訝，卻不敢多說什麼，只得依言退下。

牧斐不知太后獨留秦無雙是何意，覺得有些不放心，想要囑咐秦無雙不要亂說話，奈何距離太遠，不敢造次。加上秦無雙一直背對他，根本見不得面，他也只好三步一回頭地退出去了。

此刻，秦無雙心裡有些發慌，她和太后是第一次見面，委實不知有什麼體己話要同她說。正暗自揣度著，太后已經拉著她的手往自己身邊帶。「孩子，快過來坐下。」

秦無雙哪裡敢，忙賠罪道：「無雙不敢。」

太后和藹地笑道：「妳這孩子，現在這裡沒外人，就咱們娘倆，無須講究那些繁文縟節，坐下吧。」

秦無雙心知不好再拒絕，便依言斜坐在寶座邊上。

太后又細細端詳了她一回，開口道：「妳一定很好奇老身為何單獨留妳下來說話。」

秦無雙低眉順目地說：「還請太后娘娘明示。」

太后拉著她的手輕輕拍了拍。「老身是斐兒的姑祖母，私下，妳也該叫老身一聲姑祖母呢。」

秦無雙立即從善如流。「姑祖母。」

太后呵呵笑道：「好孩子，老身真是越看妳越喜歡。」

秦無雙含羞垂首，不去接話。

須臾，太后才一臉鄭重地道：「其實老身留妳下來，是有極重要的事情要託付於妳。」

秦無雙一聽，心裡有些緊張。「不知太后所指何事？」

「老身……想將整個牧家託付於妳。」

秦無雙聽了，嚇了一大跳，忙起身退後幾步，跪在地上叩頭道：「無雙惶恐，怕是受不起太后如此重託。」

太后面上雖帶笑，但口氣卻十分嚴肅。「老身說妳受得起，妳便受得起。」

秦無雙叩首在地，一動不動，心裡一時摸不透太后的真正想法。

「起來說話吧。」

秦無雙不敢動。

太后朝身邊宮女遞了一個眼色，那宮女立刻上前扶秦無雙，秦無雙這才起身立在一邊。

太后道：「妳也不必過於驚嚇，老身不會讓妳去做什麼轟轟烈烈的事情，只是希望妳能助斐兒回歸正道而已。」

秦無雙恭謹地回道：「有老太君和倪夫人的悉心教導，小官人一定會不負太后所望的。」

「慈母多敗兒，正是因為她們過於溺愛縱容，反而害了斐兒一生。」太后嘆了一口氣，又道：「妳也知道，牧家如今只有斐兒這一個嫡子孤苗，牧家將來是興是亡，都繫在斐兒身上。他若興，牧家興；他若敗，牧家敗，且會敗得永無翻身之地。」

秦無雙想起前世牧家的下場，心弦一緊，靜默了一瞬後，低聲道：「想是……太后多慮了。」

太后又道：「妳可知為何牧家祖上明明戰功赫赫，卻甘居定遠侯之位，且老身之父還向孝宗皇帝請求侯爵之位自他以下世襲三代即止？」

秦無雙想了想，搖頭道：「這個……無雙不知。」

太后長嘆道：「這就要從祁宋建國之初說起了……」

原來祁宋建國之前，正是百年亂世。

前朝覆滅後，藩王們紛紛畫地自立、稱王稱帝——便有你家討伐我家打劫、你方唱罷我登場的亂世局面，以至於戰亂不息，動盪足有百餘年之久。

直到祁宋太祖皇帝於亂世中收攏一支正義之師，收南剿北，征東伐西，總算將四分五裂的天下統一成現在的祁宋。因前朝藩王之禍皆是導因於地方指揮使手中握有軍權，一旦中央勢弱，指揮使便能說反就反。是以，太祖皇帝統一天下建立祁宋後，為了防止重蹈前朝藩禍覆轍，便崇尚用文制武、以文興國之道。

為了削弱武將手中之權，太祖特增設樞密院這一機構，與中書丞相分掌軍政大權，然而樞密史卻是由文官擔任的，且可以直接越過兵部，執掌軍國機務、兵防、邊備、戎馬之政令，出納密命等軍權。

也就是說一方武將之首若想調用軍隊，必須先請示樞密院，由樞密院發文書之後方能調動，這樣一來，便大大削弱了武將手中之權，形成祁宋如今重文抑武的局面。

牧融正是因為看清了這一點，心知牧家若繼續手握軍權，遲早會被皇上忌憚，如此一來，定會落得個走狗烹、良弓藏的下場，是以他才婉拒了國公爵位賞賜，並請求讓牧家定遠侯的爵位世襲三代而止，就是希望能夠在激流中勇退而下，明哲保身，護住牧家根基。

太后當年頭胎小產傷了底子，無法生育，便抱了已故端嬪之子充為嫡子，自幼養在膝下，後冊封為太子，得以繼承大統，所以，當今皇上與太后之間並無血緣關係。此外，牧家老太君乃姑蘇武靈侯嫡女，與當今樞密院使金長晟是親姊弟，由於牧家與金家的這層姻親關係，皇帝背後也一直有所忌憚。

因此，太后擔心有朝一日她駕鶴西去了，皇上恐會不念舊情，重辦手握重權的牧家。

所以牧家長輩才會逼著牧斐一開始就棄武從文，從科舉出身，走文官之路，提前未雨綢繆。

只可惜牧斐素來不喜官場文化，整日只知賞花閱柳、鬥雞走狗、不務正業，並不將家族大業放在心上。

事實上，牧家在秦無雙前一世的下場也的確如太后所料——抄家沒落，樹倒猢猻散。

秦無雙在心裡為太后的深謀遠慮嘆服，她突然想起前世由此時算起，大約三年前後，太后離世。

不知這一世，太后會不會也如前世一般結果？

若是，屆時，整個牧家便會如大廈將傾一般岌岌可危，秦無雙不由得跟著憂心忡忡起來。

太后見秦無雙始終沈默著，便問道：「老身說了這麼多，妳可明白牧家如今的處境？」

秦無雙點了點頭，遂又搖頭道：「無雙不明白的是……為什麼是無雙？太后娘娘或許有所不知，無雙與小官人之間已有諸多嫌隙，他絕不會聽無雙勸誡的。」

太后道：「老身是看著斐兒長大的，他的性子老身最為了解，老身從未見斐兒對哪個女子如此上心，哪怕是戲弄。」

聽這話的意思，顯然太后已經知曉她與牧斐此前的種種。

秦無雙嘟囔道：「那是因為無雙得罪了他。」

太后反笑著替牧斐辯解道：「斐兒並非小氣之人，也絕不會對一件無心之過耿耿於懷的。」

秦無雙聞言，心裡只想說：太后娘娘，您一定是對您這個姪孫有著天大的誤會，牧斐就是那樣小氣，就是喜歡對小事耿耿於懷。可她不敢當面反駁，只敢在心裡腹誹。

「斐兒一定會聽妳的話的。」太后緊接著又補充了一句。

秦無雙聽了只想哭。「太后娘娘太看得起無雙了，無雙人微言輕，年紀又小，恐怕……」

一語未了，太后突然打斷道：「別怕，有老身。」

秦無雙怔住了。

太后笑問：「老身聽嫂嫂說她已將牧家對牌給妳，助妳管家之權？」

秦無雙忙解釋道：「那只是此前祖母為了幫無雙立威，免受府中下人不服的權宜之計，不日無雙就會將對牌還回去。」

「妳且不必還了。」說著，太后從拇指上取下一枚青翠瑩潤、刻著佛經的翡翠扳指，遞給身旁宮女，宮女捧了送到秦無雙跟前。

太后道：「這是老身的扳指，今日一併賜給妳，有它在就如老身親臨，哪怕是斐兒也得對這扳指跪著回話。」

秦無雙哪裡敢接，忙惶恐叩頭。「還請太后娘娘收回成命。」

太后臉色瞬間冷了下來。「怎麼，妳這是打算違抗老身的懿旨？」

秦無雙唯唯諾諾道：「無雙不敢，只是無雙實在力有未逮，管束不了小官人。」

太后冷笑道：「雙兒莫要謙虛，妳在短短數月裡，連敗了裡子的秦家藥行都能扶起來，可見妳是有本事的。老身相信，假以時日，妳一定能勸斐兒回歸正道，助他撐起牧家。」

這話一聽，細思極恐。

太后遠在深宮，竟知秦家藥行敗了裡子，還知她將秦家藥行扶了起來。

也就是說，自她與牧斐初識到她過門沖喜至今以來的所有事情，皆在太后的監視中。

「老身還知道，妳是個極其孝順的女兒。妳既已進了牧家的門，從今以後就是牧家的人，牧家興亡，同樣與妳息息相關，只有保住牧家，才能保住秦家，妳……可明白？」

這話中有話的，將秦無雙猛地敲醒，一股發自內心的敬畏油然而生。

先前她是想過，如果遇到適合的時機，她定會想法子阻止牧家被抄家的悲劇，也算是報了前世牧斐劫法場的恩情。

但她從未想過要將牧斐拉回所謂的正道上來，然而眼下，無論於情，還是於理，她都不得不答應太后的請求了。

出了寶慈殿，秦無雙一眼瞧見牧斐在宮門處，獨自一人走來走去的。

牧斐見她出來，趕忙迎了上來，問：「怎麼這麼久才出來？妳可有得罪姑祖母？」

秦無雙看著牧斐，不答反問。「牧斐，你為何不喜用功讀書？」

牧斐一愣，皺眉道：「好端端地提這個做什麼？」

秦無雙看了他一會兒，半晌才道：「若我說，我想勸你用功讀書、回歸正業，你可會聽？」

牧斐忽地沈下臉道：「姑祖母究竟留妳說了些什麼？出來就說這些渾話來著……」

秦無雙輕嘆一聲，正色道：「牧斐，我是認真的。」

牧斐聽了，滿臉不悅，甩袖就走了。

秦無雙也不去追，獨自一人出了寶慈殿，往景福殿方向走去。

途經迎陽門，想著天色尚早，便轉了方向，到後苑去散步了。

本以為賓客都在景福殿賀壽，後苑會清淨些，入了後苑才發現，那些皇子王公、貴女少婦都在後苑三五成群聊著呢。

秦無雙不想湊熱鬧，正欲轉身離去，忽聞有人朝她喊道：「妹妹，且等等我。」

秦無雙回頭，只見一個容貌清麗、氣質脫俗的女子從一群錦衣華服的公子哥兒裡面，向她逃也似地快步走來。
待那人近了，細細一看，秦無雙驀地呆住了。

第十八章　結拜

那女子看清秦無雙的臉後，先是一愣，旋即一喜，快步迎了上來，一把拉住了她的手，低聲欣喜道：「竟是妳啊，沒想到我們會在這裡相見。」

秦無雙看著對方，一時說不出話來，那女子以為秦無雙將她忘了，便笑著提醒道：「妳可是將我忘了？我就是前些日子在街上被賊人搶了錢袋的那位，還是妳替我尋回來的。」

秦無雙回過神來，嚥了嚥口水，方道：「我記得，妳姓薛對吧？」

「嗯，我叫薛靜姝。」

果然是她，薛靜姝。

正說著，方才圍在薛靜姝身邊的幾位華服男子已追了上來，七嘴八舌地問道：「薛小娘子，好端端的，怎麼突然就走了？」

「是啊，莫不是瞧不起我等？」

秦無雙觀其穿著，皆是錦羅繡緞、飛蟒團龍、綴金鑲玉、貴氣逼人，想來都是皇子身分。

薛靜姝笑靨如花，回道：「諸位皇子有所不知，靜姝早與妹妹約好了，要去為太后娘娘抄寫佛經呢。眼下時候到了，諸位皇子若是無事，也可與靜姝一同前去寶慈殿為太后娘娘抄寫佛經。」

諸皇子一聽，紛紛露怯，只得勉強笑著客氣了兩句，便一一拱手告辭了。

薛靜姝見他們都走了，這才大大鬆了一口氣。她拉著秦無雙的手，躲到附近一處幽徑，說道：「謝天謝地，總算將他們都打發走了。」

秦無雙問：「薛小娘子為何要躲著他們，他們好像都是當今皇子。」

薛靜姝道：「正因為他們都是皇子，我才要躲著他們。」

她怕秦無雙聽不明白，又解釋道：「妳有所不知，我爺爺是兩朝丞相，在朝廷中地位非同一般，這些皇子向我示好，無非是打著娶我的心思，好獲得薛家的鼎力支持而已。」

據秦無雙所知，當今皇上並無嫡子，只有長子，於是立了皇長子為太子，但太子桀驁囂張又結黨營私，皇上一氣之下便將他廢黜禁足了。

自那之後，皇上就再未立過太子。只是如今皇上已年過半百，儲君之位卻一直空懸未決，這些皇子自然個個磨拳擦掌，對奪嫡之事躍躍欲試。

為了能夠豐實羽翼，皇子們自然不會放過當朝老丞相這個大靠山。秦無雙前一世可以證明，薛丞相的確是個大靠山，娶了薛靜姝的皇子最後也的確成了皇帝。

秦無雙故作不解道：「他們都是天潢貴冑，薛小娘子若是嫁給其中一位，倒也不會辱沒妳的身分。」

薛靜姝嘆道：「我也知道，以我的身分勢必要從這些皇子裡面選一個——只是，我委實不喜歡自己像個待價而沽的商品，由著他人爭來奪去的。我希望自己要嫁的那個人，必是心中中意的那個人，若要我將就，我寧可剃了頭，青燈伴佛去。」

秦無雙沒想到薛靜姝竟是一個如此坦率的女子，不由得對她生出幾分好感來。

薛靜姝這才想起問她。「我只曉得妳姓秦，還不曉得妳芳名是什麼呢？」

「無雙，秦無雙。」

「秦無雙，可是舉世無雙之意？」

秦無雙笑道：「我父親替我取名時，確有此意，只可惜無雙不才，擔不起舉世無雙這謬讚。」

薛靜姝卻道：「我倒瞧妳很擔得起無雙二字，我一見妳就覺得妳與眾不同，身上既有大家閨秀的嫻雅之氣，又有江湖俠女的灑脫之風，還有一種超脫世俗的淡泊之感，真是令我羨慕極了。」

秦無雙被薛靜姝誇得臉紅了，一時竟不知該如何客套了。

此時卻聽見前方有人嘲諷道：「是嗎？能被薛小娘子如此誇讚之人，本公主定要好好瞧瞧。」

二人聞聲抬頭看去，只見樹蔭後頭轉過一眾彩衣雲袖的宮女，簇擁著一個穿著打扮十分貴氣的女子。那女子生得花容月貌、亭亭玉立，只見她額間貼黃，柳葉眉、瑞鳳眼、唇紅齒白，就是面上冷得像雪似的，叫人不好親近。

薛靜姝見了那人，便拉著秦無雙一起欠身行禮，不卑不亢道：「見過九公主。」

秦無雙心中遽然一震——她就是前世那個差點與牧斐成親，後又退了婚的九公主，司玉琪。

司玉琪沒讓她們起身，只盯著秦無雙的臉看了好一會兒，才道：「妳就是秦無雙？」

聽司玉琪這口氣，好像認識她，秦無雙只好答道：「是的。」

「本公主聽說妳已與牧斐訂親了？」

她與牧斐訂親，汴都城裡人人皆知，只是不知司玉琪特地一問究竟是何意？

前世聽說牧斐與司玉琪快到成親那一步，後來好像是她與牧斐的風月話本落到了司玉琪手中，牧斐才被司玉琪退了婚。

不過聽到司玉琪直呼牧斐的名字，顯然她與牧斐應該是認識的。如此看來，莫不是牧斐早對司玉琪有意，又或者是司玉琪早對牧斐有意？

不管是哪個，礙於前世的愧疚一直留在心裡，秦無雙只覺得在司玉琪面前無端有些心虛，她斟酌了半晌用詞，才道：「暫時是的。」

司玉琪聽了，冷哼了一聲，出言嘲諷道：「不過一個上不了檯面的商門之女，竟然妄想攀上枝頭做鳳凰，真是笑話。」說罷，轉眸看向薛靜姝，道：「薛小娘子，妳好歹是相府貴女，和這樣的人走在一起，也不怕辱沒了妳的身分？」

薛靜姝聞言，拉著秦無雙一同起身，笑著反駁道：「九公主這是什麼話？佛還說眾生皆平等——不管是商門之女，還是寒門之女，只要有本事，我都會敬重。再說我朝開科進取，取的全是有本事的寒門之士，那些站在金鑾殿上鞠躬盡瘁的朝臣們，若要問出身，指不定都是出自寒門。連皇上都不計較他們的出身，我們身為女子又何必目光短淺、將人看輕了呢？」

司玉琪聽完，氣得柳眉倒豎，她恨恨地瞪了二人一眼，便不再理會，徑直去了。

秦無雙見薛靜姝如此護她，心裡又是感動又是欽佩的。

薛靜姝拉著她往前走，一面低聲說：「別理她，九公主這個人向來眼高於頂，不將任何人放在眼裡，以後妳若是見了她，只管避著她走就是了。」

秦無雙有些擔心道：「她畢竟是九公主，妳如此對她……就不怕得罪她？」

薛靜姝哼道：「怕她做什麼？不過仗著出身高貴些而已，我又不和她玩。」

秦無雙由衷地道了一聲：「薛小娘子，謝謝妳。」

薛靜姝笑盈盈道：「說謝我就客氣了，原來妳是定遠侯府未來的少夫人啊，若不是聽九公主提起，我還不知道呢。」

秦無雙苦笑道：「說來慚愧，我當初只是進門給牧小官人沖喜，牧老太君念及我閨名，便做主為我正名訂了親，待我及笄後再大婚成禮。」

薛靜姝了然頷首道：「原來如此啊，妳竟還未及笄？」

「我年方十三。」

薛靜姝思索著道：「竟比我小三歲，我卻瞧妳不像，倒像個有故事的人，透著一股老成。」

秦無雙聽了不由得失笑道：「薛小娘子這是在說我看起來很老嘍？」

薛靜姝忙擺手道：「我不是那個意思，我就是覺得妳和一般女子不一樣，讓人見了很安心而已。」她明眸一閃，忽然拉起秦無雙的手，高興地提議道：「我與妳頭一遭見就覺得很投緣，今日一番暢談更覺相見恨晚，不如我們就此結拜為姊妹吧？」

秦無雙大吃一驚，指著自己問：「與我結拜？」

薛靜姝笑著點了下頭，越發覺得這個點子甚好，忙從自己身上取出一套長命鎖。

那套長命鎖看起來像純銀打造，十分小巧別緻，跟平常所見不同，銀飾上面是一片雲紋如意鎖頭，鎖頭正面刻著一個「鸞」字，反面刻著一個「姝」字。下綴著六根極細的銀鍊子，鍊子上分別掛著銀魚白玉雕成的篦刀子、銀葫蘆、銀寶袋、銀剪刀、銀玉壺春瓶、銀小鼓，很是特別。

「這套銀鎖件雖不算貴重，卻是我自小戴在身上的，我將這個送與妳，是誠心與妳義結金蘭之情誼。」

秦無雙忙將銀鎖件推了回去，道：「萬萬不可，既是從小戴在身上的，自是貴重之物。」

薛靜姝佯怒道：「妳不肯收，可是瞧不上我？」

秦無雙哭笑不得道：「薛小娘子有此心意，無雙深感受寵若驚，哪裡會瞧不上妳呢？」

「既如此，那就收下吧。」

秦無雙只好取了放在手上，細細欣賞一番後，將其珍藏在荷袋裡，貼身收好。

她想了想，便從腰上解下一個自製的香囊遞給薛靜姝，不好意思道：「無雙今日身上並未帶貴重之物，唯此香囊是無雙親手所縫，裡面的香料乃無雙親自調製，還望姊姊不要嫌棄。」

薛靜姝立刻接了過來，湊到鼻端聞一聞，滿意地笑道：「此香甚合我心，沒想到妳竟會調香，那以後姊姊的香料就全靠妹妹調了送我，可否？」

「在所不辭。」

話落，姊妹二人相視一笑。

二人拉了手，往後苑深處邊逛邊聊，越發投契了。

第十九章　阻止

眼見天色已晚，景福殿那邊恐怕已進入正宴，二人便掉頭往回走。途經荷花池，聽得臨湖的亭子裡傳來一陣簫聲，二人駐足一看，隱約瞧見亭子裡有一人影，正對月吟簫。

那簫聲聽起來有如空谷幽蘭花開、高山皓雪融化，又如林間深澗叮咚，空靈明澈，令人沈醉，心靈也跟著滌蕩了一番。

薛靜姝當即被簫聲吸引，眉目帶笑地欣賞著，待簫聲止後，她似乎還沈浸在餘音中無法自拔。

亭中之人似察覺到此處有人，便從亭子裡走了出來，清朗月光下，那人手持玉簫，衣袂翩翩而來，直至敞亮處，露出一張如冠玉般的笑顏。

他上前問道：「二位小娘子可是在宮裡迷了路？」

薛靜姝心跳一快，不甚嬌羞道：「並、並未，我們只是散步途經此處，聽見小官人的簫聲一時入了迷。」

那人笑道：「哦？原來小娘子也懂簫？」

「略、略懂一二……」

薛靜姝竟與那人交流起簫韻來。

秦無雙在一旁，細觀那人身上穿著一襲暗繡水紋青圓領長袍，腰上懸著青玉珮，手裡握著一支白玉洞簫，周身並無多餘華麗裝飾，看起來十分低調，但舉手投足間卻散發著一股天生矜貴的氣質。

她皺了皺眉，目光無意間落在洞簫上，隱約瞧見洞簫的尾部刻著一個「昭」字。

心神忽地一緊。

仔細又確認了一遍，的確是個「昭」字——能在這後苑深處做如此家常打扮之人，不是皇上就是皇子，但皇上名諱並非「昭」，且年過半百，眼前這位看起來最多不過弱冠。

如果她沒記錯，前世睿宗皇帝的名字便有一個「昭」字，思及此，秦無雙心頭猛地一縮，直直望著那人的臉。他是……三皇子司昭，前世就是他娶了薛靜姝，也是他下旨滅了她秦家滿門。

秦無雙如同被雷打到一般，急忙拉著正在說話的薛靜姝說：「姊姊，快走吧，太后娘娘還在等我們呢。」說完，拉了人就走。

薛靜姝還未反應過來，便被秦無雙帶走了，也沒來得及同那人告辭，等走遠了，回頭瞧著，那人並未跟上來，這才叫秦無雙停下。「好妹妹，妳方才怎麼了？竟拿這般謊話誆人。」

秦無雙平復了一下內心的不安與慌亂，又看了一眼薛靜姝臉上的春風之色，便知薛靜姝恐怕是對司昭起了好感。

在秦無雙看來，司昭出現在亭子裡絕非偶然，他應該是與其他皇子一樣，為的就是引起薛靜姝注意，想要拉攏薛家這個大靠山。

當今皇上無嫡子，長子是廢太子，其餘幾個成年皇子裡面，背景最弱的便是三皇子司昭了，因其生母乃宮女出身，沒有娘家背景支撐，是以在宮裡一向舉步維艱。傳言三皇子司昭為人純孝溫順、寬厚仁慈，整日弄簫玩墨、淡泊名利、與世無爭，是以諸皇子也就沒將他當成威脅。

她回想了一下前世，心裡暗暗算了算日子，如果她沒記錯，該是用不了多久，祁宋就要改朝換代了，屆時，登上皇位的就是這三皇子司昭。加上方才司昭故意投薛靜姝所好，引起她的注意，由此可以看出司昭並不像表面上那麼淡泊名利、與世無爭，只怕薛靜姝早已成為他勢在必得的獵物了。

她雙手拉起薛靜姝，嘆了一口氣道：「姊姊，這裡是皇宮，月黑風高、孤男寡女的，倘若被有心之人撞見，只怕壞了姊姊的名聲。」

眼下，她所能做的就是盡力阻止薛靜姝愛上司昭，如果可以，最好不要讓薛靜姝嫁給司昭，這樣一來，秦家就不用承受那一屍兩命的慘痛代價了。

薛靜姝急忙捂住胸口，一臉緊張道：「是姊姊糊塗了，險些忘了分寸，虧得妳反應快，咱們快些走吧。」

二人去到景福殿時，宴席已經開始了，二人各自歸了座，不在話下。

許是牧老太君上了年紀，宴席進行到一半，頭痛病發作了，秦無雙與倪氏便趕忙陪老太君回府，只留牧斐在宮裡應酬。

回府後，秦無雙親自服侍牧老太君躺下，並替老太君按摩緩解頭痛，效果甚好，老太君高興得不得了，連連誇獎秦無雙。待一切事畢，秦無雙和蕊朱、半夏才回到院裡，早已是一身疲憊。

進了堂屋，卻見聞香大剌剌地斜靠在桌子旁，一面翹著腿，一面嗑著瓜子，滿地瓜子殼。

聞香見她們進來，連個正眼都沒給，也不起身，只管歪坐在凳子上，繼續嗑瓜子。

蕊朱見了，上前怒問：「聞香，妳沒看見小娘子回來了嗎？」

聞香吐了瓜子殼，不以為意道：「看見啦！」

蕊朱氣得柳眉倒豎。「看見了妳還不起來伺候，只管坐在這裡，不知道的還以為妳才是主子呢。」

半夏見狀，覷了秦無雙一眼，見她面上喜怒不顯，不知在想什麼，忙上前做和事佬道：「妳們快別吵了，主子都累一天了，趕緊伺候歇息才是。」

聞香諷道：「她算哪門子主子？聞香的主子只有小官人一人，除了小官人，聞香誰都不伺候。」

蕊朱氣得臉都綠了，正待發作，又被半夏拉住。只聽半夏低聲勸聞香道：「妳少說兩句吧，究竟是誰惹得妳不快……妳不伺候也別在這裡添亂，趕緊退下去吧。」

聞香一把將瓜子砸在桌子上，濺得四處飛起。她起身拍了拍手，輕蔑地瞅著門口站著的秦無雙，叨唸著。「這還沒當上鳳凰呢，就擺起架子來了，不過是跟我一樣的身分，都上不了檯面，只管拿著雞毛當令箭，拿了老太君的對牌就以為自己可以在牧家發號施令了，笑話！」

半夏聽了，在一旁急得直跺腳，忙勸道：「妳快別說了吧！」

聞香根本不聽勸，見秦無雙一聲不吭，越發驕橫張狂、不將她放在眼裡。「怕什麼？她還真能將我怎麼樣不成？我可是和小官人行了房的人，待有朝一日，我珠胎暗結，指不定騎在誰頭上呢。」

秦無雙突然冷笑了一聲，喊道：「給我叫人進來！」

立刻有人喚了門外的小廝，小廝得令後一齊湧了進來，恭恭敬敬地站在一旁。

秦無雙皮笑肉不笑地看著聞香，說道：「聞香目無尊卑、狐媚惑主，拖下去打三十大板，再攆出去。」

眾小廝一聽，目瞪口呆、面面相覷，一時誰也沒敢動。大家都知道聞香是小官人身邊的一等大丫鬟，不能輕易得罪。況且，這三十大板打在一個嬌滴滴的女子身上，那可是會要人命的。

聞香聽了，心裡一慌，只管故作鎮定，伸著脖子喝道：「我看誰敢動我！」

秦無雙頭也不回道：「怎麼，是我手裡的對牌不管用了，得幫你們去請示老太君？」

小廝們一聽，個個嚇得發抖，不敢動也得動了。立刻有幾人上前，手忙腳亂地押了聞香。

聞香掙扎著大聲怒罵，小廝們只好連拖帶拉地將人弄了出去，在二門裡架起板凳，把人按上去，舉起板子打了起來。

劇痛落在聞香身上，聞香這才驚覺事態不妙，嚎哭著喊道：「奴婢錯了，奴婢不該口出狂言，求少夫人饒命啊……啊……啊……饒命啊……」

蕊朱聽得十分解氣，拿了抹布將桌子、凳子都收拾乾淨，扶秦無雙坐下，又替她倒了一杯茶。

半夏、青湘垂首立在一旁，大氣都不敢亂出一聲。

「半夏。」

聽見秦無雙喚她，半夏忙應了聲。「在。」

「聞香平日膽子如何？」

半夏想了想。「聞香雖心高氣傲，但不曾像今日這般膽大妄為。」

秦無雙聽著穿堂外聞香的慘叫聲，沈吟道：「事出反常必有妖，這麼說來，必是有人在背後教唆了。去問問她受了何人唆使，說了便可免受皮肉之苦。」

半夏聽了，忙去前頭問話。

不久，半夏回來道：「聞香說是劉姨娘看不慣小娘子一過門就受老太君看重、將府裡大權交與小娘子，故唆使她滅滅小娘子威風，讓小娘子難做人。」

秦無雙冷笑道：「她就如此聽劉姨娘的話？」

半夏說：「劉姨娘同聞香說，這牧家以後都是小官人的，而她又是小官人房裡的人，小娘子不敢動她，她便信了，今日才敢如此膽大妄為，惹怒了小娘子。」

秦無雙放下茶杯，起身往屋裡走，一面同半夏說：「板子停了，人就不留了，吩咐牧二叔多給些銀子，好生安置出去。」

「……是。」

第二十章　眾矢之的

牧斐從宮裡回來時，已是半夜，身上酒氣醺人，被安平、安喜一左一右扶著，跌跌撞撞進了牧家的大門。

忽然，一眾丫鬟、嬤嬤衝了上來，或拽或拉或跳，哭天喊地、七嘴八舌地嚷道：「小官人，不好了。」「不好了……小官人，不得了了……」「小官人快救救聞香姊姊……」「聞香被秦小娘子打了……」

牧斐被她們吵得一個頭兩個大，喝道：「吵什麼吵，好好說話！」

大家立刻安靜下來，有嬤嬤回道：「小官人，秦小娘子從宮裡回來後，也不知哪兒不對勁，竟拿聞香開刀，說她目無尊卑、妖媚惑主，命人狠狠打了三十板子，攆了出去，眼下聞香小娘子已經被小廝們扔在側門外面，不知死活……」

牧斐一個激靈，酒徹底醒了。

「秦無雙！」

牧斐人未至，怒聲已先至。

蕊朱、半夏急忙起身，緊張地看著門口。

牧斐一挑簾子，發現東屋裡燈火通明，秦無雙正斜靠在窗下的美人榻上看帳本，見他怒氣沖沖地進來了，也只是神色淡淡地放下帳本，看著他不說話。

牧斐氣息一滯，黑著臉質問她。「是妳命人打了聞香？」

秦無雙坦然點頭。「是我。」

「妳憑什麼打她？」

秦無雙慢悠悠地道：「就憑她目無尊卑、狐媚惑主。」

牧斐甩手怒道：「呸！這是什麼亂七八糟的藉口，明明是妳心生妒忌，看她礙眼，想藉機除掉她！」

既然牧斐已經為她定好了罪名，她也就懶得再費唇舌，大方承認道：「你說得對，我就是嫌她礙眼。」

牧斐本以為秦無雙還要狡辯一番，誰知他說什麼，她就承認什麼，一時竟讓他不知道該說什麼好了。

方才他在便門外，見聞香一身是血的趴在冰冷的地上，氣若游絲，見了他只顧抓著他的手哭，一時心裡又急又疼又氣的。聞香好歹是服侍他的人，無論有何過錯，也不能將人往死裡打，由此可見秦無雙根本就是個心狠手辣的人，連他身邊的丫鬟都不放過，之前他還以為秦無雙心地善良，看來他是看走眼了。

牧斐咬牙切齒地提醒道：「秦無雙，妳可別忘了我們之間的約法三章！」

秦無雙聽了，從美人榻上走下來，來到他面前，平靜地說：「從今日起，我宣布，約法三章作廢。」

牧斐聽了，怔了好半晌，上上下下地瞅了秦無雙好幾眼，怒道：「秦無雙，妳莫不是瘋了吧？究竟是誰給妳的底氣？」

秦無雙氣定神閒道：「我沒瘋，不僅如此，從今往後，我還會時刻監督你用功讀書、考取功名，直到金榜題名為止。至於誰給我的底氣——自然是太后娘娘。」

「胡說八道，姑祖母才不會逼我讀書考功名。」

「是嗎？那這個是什麼？」秦無雙從身上取出扳指，亮給牧斐看。

牧斐也算是太后宮裡的常客，對太后手上的東西自然再熟悉不過了，見秦無雙拿出扳指，他的眼睛一下子直了，指著扳指結結巴巴地問：「妳……太后……這、這東西怎會在妳手上？」

秦無雙沒回答他，慢悠悠地將扳指戴在大拇指上，反問牧斐。「太后娘娘說，見此扳指，如她親臨，連你見了也是要跪著回話的，是也不是？」

牧斐還沒來得及反應，跟在牧斐身後的幾個小廝、丫鬟，還有蕊朱、半夏一聽，都連忙「撲通」一聲跪在地上。

牧斐硬著脖子就是不動，也不說話，而上可謂五顏六色、精采至極。

秦無雙故意在牧斐面前晃了晃手上的扳指，嘆息道：「我也不是非要與你作對，實在是懿旨難違。從此你房裡的丫頭，除了留下伺候洗漱的兩個，其他全部打發出去再行安排，另外給你兩個聰明伶俐的書僮，每日陪讀唸書吧。」

聞言，牧斐死死瞪了她一眼，甩手啐道：「呸！妳果真是瘋了！」說罷，轉身就走了。

秦無雙看著牧斐怒氣沖沖的背影消失在門外，長嘆了一聲，苦笑道：「看，果然是行不通的。」

牧斐前腳剛走，呂嬤嬤後腳就帶人氣勢洶洶地請秦無雙去倪氏房裡問話。

秦無雙去了倪氏房裡，發現不止倪氏在，劉姨娘也在，只是不見牧斐——看來牧斐不是向著倪氏來了。

這大半夜的，一個兩個不睡，擺出三堂會審的架勢，看來成心是要問她的罪了。

秦無雙向倪氏她們問了好，倪氏也沒請她坐，臉色很是難看地問：「聽說，妳打了聞香那丫頭？」

秦無雙低眉順眼地回道：「回夫人，是，無雙不僅打了，還吩咐牧二叔將人攆出去了。」

倪氏還沒說什麼，呂嬤嬤反倒搶先指著秦無雙的鼻子質問道：「聞香是小官人房裡的人，可是行過房、以後要做姨娘的，妳憑什麼說打就打，還將人攆了出去？妳還真當自己是牧家的少夫人了不成？」

秦無雙望向她，淺笑道：「呂嬤嬤的意思是，我以後不會成為牧家的少夫人？」

呂嬤嬤翻了個白眼道：「以後能不能成還不一定呢。」

秦無雙似笑非笑地反問。「哦？牧家的親事最後成或不成，難不成是妳一個嬤嬤說了算？」

呂嬤嬤這才發現自己僭越了，老臉有些掛不住。「我、我不是那個意思。」

一旁的劉姨娘拿著團扇掩嘴酸笑道：「喲，都說新過門的未來少夫人厲害著呢，如今我算是見識了，果真有一家主母的架勢呢。」

倪氏聽了，臉色更難看了，看秦無雙也越發不順眼。「聞香是我房裡撥過去伺候斐兒的丫頭，妳無緣無故把人打個半死，未免太心狠手辣了些，妳這樣品性的人，以後如何擔當得起牧家少夫人？」

秦無雙聽了，眉尖微蹙，低垂著眼，沒接話，心裡想著眼下沒個替她做主的人，恐怕她說什麼都是沒用的。

倪氏見她不回話，便問：「妳不說話可是默認了？」

秦無雙抬頭問：「默認了什麼？」

倪氏怔了怔，心想她說的話很難理解嗎？秦無雙竟這般反問，果真是沒將她這個主母放在眼裡。「默認妳打聞香啊。」

秦無雙聽了，坦蕩道：「此事無須默認，眾目睽睽見證，的確是我下令打了聞香。」

呂嬤嬤聽了，立即在倪氏耳邊煽風點火，哭訴道：「聞香伺候小官人一向勤勤懇懇，不敢有半絲懈怠，今日無緣無故被打成重傷，還被丟在冰冷的大街上不管不顧，夫人，您一定要替聞香做主啊。」

呂嬤嬤是倪氏成親時從娘家帶過來的人，跟在身邊有二十多年了，倪氏平日最聽呂嬤嬤的話，一聽呂嬤嬤賣慘，頓時怒氣沖沖地拍了桌子道：「秦無雙，妳可知錯？」

秦無雙低頭道：「無雙不知錯在哪裡，還請夫人示下。」

倪氏聞言一想，卻是想不出一個名頭來定秦無雙的錯處，畢竟她是主子，聞香是奴僕，主子教訓奴僕倒也天經地義。

心下正拿捏不定，聽見劉姨娘在一旁敲邊鼓道：「這秦小娘子好大的膽子，連夫人的話都敢反駁，以後若是成了禮，當上少夫人，八成連小官人都不放在眼裡了。」

正此時，有人來報。「夫人，小官人走了。」

「走了？」倪氏嚇了一大跳，忙問：「去哪裡了？」

那人回道：「小官人在屋裡見了秦小娘子以後，二人好像吵了一架，小官人就怒氣沖沖地走了，聽人說似是出府去了。」

一聽此言，倪氏頓時火冒三丈起來。她指著秦無雙怒道：「好啊，好妳個秦無雙，果真厲害，竟又將我斐兒氣走了，這府裡就由妳翻天了不成？呂嬤嬤，給我掌嘴十下，以示懲戒。」

「是！」呂嬤嬤得了令，一邊擼袖子，一邊朝手心吐了一口唾沫，凶神惡煞地朝秦無雙走來。「秦小娘子，得罪了。」說完，抬手就朝秦無雙臉上打去。

不料還沒打到臉，就被秦無雙截住了手腕。「就憑妳？」

呂嬤嬤許是沒想到秦無雙竟有這般膽量，敢當著夫人的面攔她，不禁又急又氣，想要抽手再打，誰知抽了兩下沒抽動，心裡暗暗吃驚小丫頭的力道竟如此之大。

忽地，她計上心來，做出一臉痛苦狀，對倪氏大喊道：「哎喲，我的骨頭，好疼啊，夫人救命啊……」

倪氏果然急了，朝秦無雙怒喝道：「秦無雙，妳想造反不成？」

秦無雙抿唇冷笑了一瞬，突然反向一扭，只聽「咔」一聲，輕而易舉卸了呂嬤嬤的手腕。

「啊啊啊——」呂嬤嬤立刻抱著手腕發出殺豬般的慘嚎，倒在地上到處打滾，嚇得倪氏和劉姨娘從椅子上跳起來，花容失色。

秦無雙看著呂嬤嬤，在一旁裝模作樣地驚喊道：「哎呀，嬤嬤妳這是怎麼了？可是打我打得太用力了？」

倪氏抓著丫鬟的手，瞠目結舌地盯著秦無雙，氣得渾身發抖。「秦無雙，妳、妳果真是反了！來人，快來人，拿下這個心狠手辣的女人，重打三十大板，再稟了老太君，秦家這婚必須退了！」

倪氏房裡的嬤嬤們聽了之後，便一窩蜂地圍上來要抓住秦無雙。

秦無雙瞇起了眼，暗暗運了力道在手臂上。

倪氏一向看她不順眼，自她得了老太君的對牌後，府裡許多人十分不服氣，都想藉倪氏的手教訓教訓她，她豈能讓那些人得逞，真要動起手來，她可不會心軟。

第二十一章　收拾

場面正膠著，忽聽門外傳來一道鏗鏘有力的聲音。「深更半夜的，吵吵鬧鬧，成何體統！」

聞聲，眾人嚇了一大跳，那些媳婦、嬤嬤們立即轉身跪地叩頭。

呂嬤嬤原本還在鬼哭神嚎，聽到牧老太君來了，硬是把撕心裂肺的疼痛吞進喉嚨裡，一個翻身趴在地上叩頭，不敢吭半點聲。

晴芳與半夏一左一右扶著牧老太君進門，倪氏與劉姨娘忙迎上去欠身行禮。

倪氏強笑著問：「老祖宗，大半夜的，您怎麼來了？」

牧老太君繃著臉道：「我要再不來，牧家豈不是被妳們鬧翻了天？」

秦無雙迅速轉換成一臉柔弱之色，快步上前，撲通一聲跪倒在地，泫然欲泣地喊道：「祖母，無雙有罪。」

牧老太君看著她問：「這是怎麼了？」

秦無雙忙取出對牌和扳指放在手心奉上，自責道：「無雙愧對祖母的栽培，愧對太后的信任，還請祖母收回對牌與太后娘娘的扳指。」

一聽到太后娘娘的扳指，滿堂神色皆變。

牧老太君顫顫巍巍地取過扳指細細一看，大吃一驚道：「這果真是太后娘娘的扳指，快、快起來。」她一面說，一面伸手去扶秦無雙。

秦無雙卻低垂著頭道：「無雙不敢。」

「不敢的是她們才對。」牧老太君哼道，厲目一掃，倪氏、劉姨娘個個嚇得戰戰兢兢，大氣都不敢出一聲。

牧老太君的目光釘在了劉姨娘臉上，問：「劉氏，妳在這裡做什麼？」

劉姨娘忙堆笑答：「妾身在姊姊房裡定省。」

牧老太君冷笑道：「定省？定到大半夜來了？」

劉姨娘囁嚅道：「……妾身同姊姊說了會兒話，一不留神，忘了時辰……」

「妳當我這個老糊塗眼瞎不成，這牧家但凡哪裡不平，必有妳這個唯恐天下不亂的壞東西在裡面瞎攪和！」

劉姨娘聞言，全身打顫，撲通一聲跪在地上叩頭，慌喊道：「妾身不敢。」

牧老太君大聲呵斥道：「還不快滾！」

劉姨娘忙帶著隨身丫頭灰頭土臉地退下去了。

晴芳扶著牧老太君上榻坐下，牧老太君柔聲喚道：「雙兒，妳且過來。」

秦無雙依言走了過去。

牧老太君對著秦無雙拍了拍身邊的位子。「坐下。」

秦無雙只好老老實實地坐下。

牧老太君笑著問：「快跟祖母說說，太后娘娘的扳指怎麼會在妳手上？」

秦無雙便將太后留下她之後說的那些話挑重點說了一遍。

牧老太君聽完之後，驚訝不已。「太后娘娘當真這般說？」

秦無雙起身拱手下拜道：「無雙不才，自認當不起這個重任，還請祖母收回扳指，轉還給太后娘娘。」

牧老太君拉住秦無雙的手到跟前，將扳指重新戴在她的大拇指上，輕輕拍了拍她的手背，道：「娘娘看中妳、託付妳重任必有她的考量，扳指與對牌妳且都收好。」說完，轉臉瞅著倪氏，冷聲問道：「大媳婦，妳可都聽見了？」

倪氏跪在地上，唯唯諾諾回道：「聽、聽見了。」

「聽見了還分不清楚輕重？那聞香是什麼人？」

「……是、是斐兒房裡的丫鬟。」

牧老太君哼道：「一個丫鬟而已……我給雙兒的對牌，莫說處置一個丫鬟，就是處置一個妳都綽綽有餘！」

倪氏頓時嚇得魂飛魄散，忙喊道：「老祖宗，媳婦知錯了。」

牧老太君訓道：「尊就是尊，卑就是卑，什麼時候卑賤的東西敢伸著脖子與主子叫囂起來了，若讓外人聽見了，倒笑我牧家尊卑不分、不知禮儀了。」

倪氏聽了，哪還再敢接半句話，地上的呂嬤嬤同其他一眾丫鬟、嬤嬤早已嚇得渾身發抖，牙齒直打顫。

牧老太君轉頭又對秦無雙和藹道：「祖母說過，對牌給妳，妳想處置誰就處置誰，無須任何理由，更無須向誰交代，處置就是了。」

「可是，祖母……」秦無雙話未說完，就被牧老太君不容置喙的眼神鎮了回去，她只好抿唇將東西重新收好。

牧老太君這才滿意地點了點頭，又朝人吩咐。「把斐兒叫來。」

秦無雙趕緊接話道：「小官人……方才，已經被我氣走了。」

牧老太君何等精明，一聽就知道牧斐離家是因為秦無雙逼他讀書。她低頭思索半晌，又對人吩咐道：「去把二爺叫來。」

過一會兒，牧懷江來了，他站在門外，向裡面喊道：「母親喚我？」

牧老太君道：「太后娘娘懿旨，命無雙督促斐兒用功讀書、考取功名。從今以後，無論是人還是錢，只要是無雙要的，你務必周全她意。」

「是。」

牧老太君又對秦無雙囑咐道：「無雙啊，斐兒的未來就交給妳了。」

秦無雙垂頭低聲道：「無雙只怕辜負了祖母和太后娘娘的期望。」

牧老太君道：「妳只管放手大膽地去做，有祖母和太后娘娘替妳撐腰呢。」

「……是。」

牧老太君又斥倪氏。「身為一家主母，連是非黑白都辨不清楚，妳何以主持中饋？」

秦無雙忙幫著倪氏說話。「祖母，此事不關夫人的事，都是無雙年少輕狂，出言頂撞在先。」倪氏是個沒什麼心眼的人，只是被劉姨娘和一幫下人利用，況且她是牧斐的親娘，秦無雙不想弄得太難看。

牧老太君似乎知道倪氏沒有主見，也不是工於心計之人，今日顯然是被人挑撥離間，想到這裡，轉眸惡狠狠地瞪了地上的呂嬤嬤一眼，道：「我看……就是某些下作的老東西天天在搬弄是非。」

呂嬤嬤一聽，嚇得抖如風中落葉，一口氣堵在喉嚨裡不敢出來，眼看就快把自己活活憋死了。

晴芳好歹與聞香有些私交，便開口提醒了牧老太君一聲。「老太君，時候不早了，再下去頭痛又要發作了。」

秦無雙打算賣晴芳一個人情，便在一旁順水推舟道：「是呀，祖母，子夜傷神最是容易頭痛。」

牧老太君這才作罷，只道：「這個老東西妳想怎麼處置就怎麼處置，無須看妳婆母臉色。」

秦無雙應了一聲「是」，然後親自扶牧老太君起身，一眾丫鬟、嬤嬤立刻簇擁著護送回去了。

秦無雙目送牧老太君離開後，轉身伸手扶倪氏起身，一面道：「夫人，無雙並沒有要和您作對的意思，只是太后娘娘的懿旨無雙不得不從。」

倪氏方才被嚇得夠嗆，又知秦無雙手上有太后娘娘的扳指，此刻心裡害怕又後悔得很，再見秦無雙對她一副甚為尊重的神情，一時只覺得羞愧無比。「……知道了。」

秦無雙轉頭看向呂嬤嬤，皺眉沈吟道：「至於呂嬤嬤……」

呂嬤嬤連滾帶爬地跪行到秦無雙跟前，再三磕頭求饒。「求少夫人大人不記小人過，饒了老奴吧，老奴保證以後再也不惹事，求少夫人大人有大量啊……」

倪氏見狀，七分為難、三分懇求地看著秦無雙。「無雙啊，嬤嬤她年紀大，這一回也受了教訓，不如……」

秦無雙笑道：「夫人哪裡的話，呂嬤嬤是您的人，自然是您說了算。」說到底，倪氏耳根子軟，心地卻不壞，對她不滿也只是因為老太君偏袒她，怕被搶走主母的權柄，她又何必趕盡殺絕？不如留下三分情面，日後也好相見。

倪氏一聽，立刻道：「妳放心，我一定好好管教她。」

蕊朱正焦急地候在大門外，一見秦無雙和半夏出來，忙迎了上去，一面上下檢查著，一面問：「小娘子，您可有受傷？」

「無礙。」秦無雙看向半夏，方才見她與晴芳一起扶著牧老太君進來，就知是她想法子請來了老太君，便向半夏謝道：「半夏，今日多虧妳。」

半夏道：「保護小娘子的安危是半夏應該做的。」

說實話，秦無雙很意外，畢竟半夏是從倪氏這裡出來的，沒想到最後去請老太君幫忙的竟是半夏。

「妳去找老太君，就不怕得罪了大夫人？」

半夏垂恭道：「半夏現在是小娘子的奴婢，自然事事得為小娘子著想。」

從此秦無雙越發將半夏當自己人對待了。

「小官人昨晚在盛興坊賭了一夜，輸了一千三百兩銀子，早上去如意樓聽了歡歡小娘子的新曲兒，中午去慶豐樓與段小官人他們一道吃了飯，下午又去紅袖招和桃妖妖小娘子下棋……」安喜跪在堂屋地上，頭垂得低低的，對著椅子上的秦無雙一一稟告著牧斐的行程。

秦無雙聽著，手指無意識地敲打著扶手，問道：「平日，小官人在外的花銷都是怎麼結算的？」

安喜道：「小官人在外面的所有花銷都是先記在帳上，到了月末，自有人拿帳本來府裡找牧管家結帳。」

秦無雙聽了，點了一下頭，不言語了。

安喜忙道：「少夫人，小的該說的都說了，求少夫人千萬不要向小官人告發是小的通風報信，不然讓小官人知曉了，他一定會親手剝了小的皮的。」

秦無雙笑道：「你放心，我不會說的，你匯報有功，賞銀二兩。」

蕊朱聽了，立即從裡間拿了二兩碎銀給安喜。

安喜喜孜孜地捧在手裡，向秦無雙磕了一個頭，狗腿道：「多謝少夫人賞賜，少夫人最是人美心善了。」

秦無雙笑笑不說話。

待安喜退下之後，她便親自去找了牧懷江。

牧懷江不在屋裡，打聽後得知他正在園子裡安排下人補栽花木。她便又去了園子，果然看見牧懷江在那裡指揮搬運剛送進府內的各色花木。

「牧二叔。」

牧懷江聽見有人喊他，抬頭一看，見是秦無雙，忙撣了撣衣裳，在地上踢掉了鞋底的泥土，這才笑呵呵地向秦無雙迎來。「原來是秦小娘子啊，怎麼親自來了？有什麼吩咐只管通知下人來報我一聲。」

秦無雙笑道：「牧二叔管理牧家本就是日理萬機，無雙不好叫牧二叔來回奔波。」

牧懷江甚是滿意地看了秦無雙一眼，問：「小娘子言重了，小娘子找我可是有事？」

「嗯，我想請牧二叔隨我出去一趟。」

「好、好！」段逸軒看著樓下獻臺上又勝一局的女廝，忍不住站起來拍手叫好道：「好一招鴛鴦腿掃千山，不愧是玉關索，今兒我們三個可又要賺了。文湛，你這回押了多少？」

牧斐志得意滿地喝了口茶，一挑眉，伸出三根手指頭道：「三千兩。」

段逸軒驚呼。「三千兩！按照今日這態勢，你可是要賺好幾番啊。」

牧斐甩手得意洋洋道：「誰叫你們不跟著爺下三倍注押玉關索贏，眼紅不得、眼紅不得的。」

謝茂傾在一旁笑著搖扇道：「小賭怡情，大賭傷身，我們出來只不過是圖個樂子，花點小錢碰碰運氣，何必在意輸贏？」

牧斐白了謝茂傾一眼道：「呸！既是賭，自然要分個輸贏，而且賭得越大越刺激，不然哪來的樂子？」

段逸軒拍手道：「這點我贊同文湛，既然是來賭的，自然是越刺激越好。」說著，他話鋒一轉，忙湊到牧斐身旁問：「話說，你怎麼知道玉關索一定會……」正說著，段逸軒話頭突然停住了，目光呆滯地定在了牧斐身後。

牧斐見段逸軒不說話了，且盯著他後方看，便也跟著轉頭看去——這一看，差點嚇得他從椅子上跳起來。

第二十二章　不敢相信

「妳、妳怎麼來了？」牧斐瞪著不知何時出現在他身後的秦無雙，捂著胸口問。

秦無雙抿唇一笑，道：「我來接你回家。」

段逸軒與謝茂傾從雅座上起身盯著身穿女裝的秦無雙，眼睛都直了。

好不容易段逸軒才反應過來，不太確定地問牧斐。「文、文湛，這位可是……鄭兄？」

牧斐皺著眉頭沒說話。

秦無雙笑著向他倆欠身見禮，道：「二位小官人好，我實乃秦無雙，牧斐的未婚妻。」

段逸軒與謝茂傾聽了，頓時瞠目結舌，互看了一眼。

牧斐一挪腳，橫在幾人中間，將秦無雙擋了個結結實實道：「爺現在還不想回家，妳先回去，等爺玩夠了自然會回去。」

秦無雙道：「不可，你今日必須回去，家裡已經請了教書先生來為你授習功課。」

牧斐瞪大眼睛，額角青筋突突直跳，咬牙低聲道：「秦無雙，妳這是給小爺來真的？」

秦無雙點頭道：「我說過，我是認真的。」

二人目光對峙了起來，誰也不肯退讓。

段逸軒用肩膀撞了一下謝茂傾，遞了一個「你趕緊上」的眼神，謝茂傾握著摺扇瑟縮著搖了搖頭，段逸軒只好嘻皮笑臉地上前一小步勸道：「我說二位……」

「閉嘴！」

「閉嘴！」

秦無雙與牧斐齊齊喝道，繼續對峙。

段逸軒立即閉嘴退了回去。

恰值獻臺上的玉關索又贏了一局，整個相撲館內沸反盈天。牧斐餘光瞥見玉關索穩站在獻臺中央，正等待著下一個挑戰者，突然靈機一動，對秦無雙道：「妳想要爺回去？」

「是。」

牧斐突然十分爽快道：「可以。」

秦無雙蹙眉問：「……條件？」

「妳果然聰慧。」牧斐不懷好意地笑了笑，轉頭瞥向獻臺上的玉關索。「看見她了嗎？妳若是贏了她，爺今兒個就跟妳回去。」

秦無雙聽了沒什麼反應，段逸軒和謝茂傾倒是嚇得神色大變。段逸軒撞了牧斐一下，小聲提醒道：「文湛，你瘋了嗎？那可是玉關索，玉關索！百戰無一輸的女撲爺，你叫她去……不是送死嗎？」

謝茂傾在一旁連連點頭贊同。

牧斐也不理他們，只問秦無雙。「怎麼樣？賭不賭？」

秦無雙看了玉關索一眼，只見她頭上綰著一窩穿心紅角子，上身穿著一條絳羅翠袖，裸露著右半邊頸項臂膀，乃至腰圍，雪脯只用一條紅菱巾裹著，腰線因為長期撲鬥顯得十分緊實，右邊白花花的臂膀上紋著一藤食人花，花頭齜牙咧嘴，甚是凶狠。

「是不是只要把她打倒了，你就跟我回去？」秦無雙收回目光，看向牧斐認真問道。

聞言，牧斐臉上笑容微微一凝。他心裡想的是，女廝撲穿著暴露，拋頭露臉又露肉，撲鬥起來也是供人取樂的，以秦無雙大家閨秀的身分，定不會上臺同女廝撲比試，這樣一來，她就沒有理由逼他回去了。

誰知，瞧秦無雙那模樣，倒是真的準備上去比一比，心裡不由得慌亂起來。他欲笑不笑地說：「爺可提醒妳，上臺了，贏與不贏，丟的是妳的人，可不是爺的臉。」

秦無雙冷笑了一聲，走到欄杆邊，朝樓下看了一眼。

旋即二話不說，一拍欄杆，騰空而起，漂亮的一個飛旋，從二樓的雅間直接跳進了獻臺。

全場驀地一靜。

牧斐、段逸軒、謝茂傾急忙衝到欄杆旁，扒著欄杆一個個呆頭鵝似地看向獻臺。

玉關索看著從天而降的秦無雙，上下打量了起來。

段逸軒顫顫巍巍地說：「文、文湛，你、你確定……她、她就是平日那個被你諸般戲弄的秦無雙？」

牧斐嚥了嚥口水，抿了一下唇，半晌才道：「……就是她。」

臺上，玉關索問：「妳為何不換衣裳？」

秦無雙道：「我並非女廝撲。」

玉關索道：「那妳上臺來做什麼？」

秦無雙答：「我與人打了賭，要將妳打趴下。」

玉關索聽了一怔，隨後冷笑道：「就憑妳？」

秦無雙笑道：「就憑我。」

玉關索被激怒了，部署在一旁見狀，忙站在二人中間舉手喊道：「開鬥！」說完，立即向後退到安全位置。

起先二人都沒動，僵持了半刻後，玉關索當下臀壓膝，抬手臂起泰山，以萬鈞之勢壓向秦無雙的肩膀。

這一招在場的人都看得懂，玉關索顯然用了十成力，打算一招將秦無雙鎖死，一旦秦無雙被鎖住，以她的身板和力量一定會被壓跪在獻臺上，再無反擊之力。

二樓的牧斐一顆心頓時提到了喉嚨口，抓著欄杆的手險些把欄杆折斷。

一旁的段逸軒更是急得直跺腳。「完了，完了，完了，完了……」

秦無雙看著玉關索撲來，卻是後退兩步，卸其千斤墜力，趁著玉關索下沈瞬間，搶步上前，同時扣住玉關索肩背穴和肩井穴往下壓去。

玉關索頓覺全身一軟，後勁乏力，連抱住秦無雙反摔的招式都使不出來，只能任由秦無雙壓制住自己。

隨後，秦無雙抬起左膝頂住玉關索的肩，同時飛快舉起右肘，用七成力擊向玉關索大椎，徹底將玉關索擊趴在地上昏迷了過去。

全場一時鴉雀無聲。

部署傻愣著看向秦無雙，又看了昏迷不醒的玉關索，一時不知該怎麼判——嚴格來說，秦無雙使的並非正規的廝撲招式，可是她確確實實只用兩招便打敗了玉關索。

見部署愣在一旁，秦無雙向部署橫了一眼，部署立即打了個寒顫，上前宣布道：「我宣布，此女子勝出——」

全場爆發出一陣哀嚎聲。

段逸軒又向牧斐問了一遍。「文、文湛，你確定她就是那個被你諸般戲弄的秦無雙？」

牧斐：「……」

秦無雙足尖一點，重新躍上二樓，嚇得段逸軒、謝茂傾立即向後跳了兩大步，看向秦無雙的眼神，簡直是又驚又畏又替牧斐擔心的。

秦無雙一面拍著衣服上的灰塵，一面對牧斐說：「走吧。」

牧斐在兄弟面前輸了面子，臉上無光，嘴硬道：「呸！妳說要爺走，爺就得走啊？」

秦無回身一瞪。

牧斐嚇得連忙伸手護住胸，猛地往向後一跳。「妳、妳想幹什麼？」

秦無雙冷笑。「是你究竟要幹什麼？」

牧斐眼珠子骨碌碌直轉，倒真的轉出一個理由，氣呼呼地撇嘴道：「妳、妳害我輸了銀子，我不回去！」

秦無雙對帶來的小廝喊：「去把相撲館的老闆叫來。」

沒多久，相撲館老闆來了，他對著牧斐堆笑道：「牧小爺，可是叫我？」

牧斐朝秦無雙努了努下巴，沒好氣道：「不是爺，是她叫你。」

相撲館老闆轉身一看，見是一位亭亭玉立的美人兒，一時傻眼了。「這位是……？」

牧斐不耐煩道：「她是爺的未婚妻。」又對秦無雙哼道：「爺可醜話說在前頭，就算妳替爺還了銀子，爺也不會買妳的帳。」

秦無雙問相撲館老闆。「牧小官人今兒個輸了多少銀子？」

「一共一萬六千八百兩，這是注單。」說著，忙向秦無雙獻上注單。

秦無雙接過注單看了一眼，隨即還給相撲館老闆，又道：「從現在起，牧小官人在貴館所輸銀兩，牧家一分不認、一錢不付，皆由牧小官人自行付清。」

話落，眾人齊齊傻眼了。

牧斐最先反應過來，立刻指著秦無雙的臉跳腳。「秦無雙，妳什麼意思？」

秦無雙冷笑道：「我的意思就是你在賭場、花樓、酒肆、勾欄瓦舍裡的一切開銷，牧家從今日起一分不認，請你自行解決。」

牧斐怒目圓睜，插腰拍胸道：「妳、妳以為妳是誰啊？妳說不認就不認，妳可別忘了，爺才是牧家的小官人。」

秦無雙頭也不回地喊了一聲。「牧二叔。」

秦無雙一喊，牧懷江便從拐角處現身走了過來。

牧斐看見牧懷江，隱隱覺得大事不妙，忙上前拉住牧懷江問：「二叔，您怎麼也來了？」

牧懷江無奈嘆道：「阿斐啊，二叔是奉命前來的。」

奉命？奉誰的命已經不用問了，整個牧家，能讓二叔聽命的人只有祖母。

牧斐猶如被當頭潑了一盆冷水，顫聲道：「那這麼說……她說的，都是真的？」

牧懷江點點頭道：「是真的，二叔勸你啊，還是乖乖聽話為好。」

牧斐跳了起來，怒不可遏道：「叫我聽她的話？我呸！」

秦無雙見狀，心知以牧斐的個性絕對是不見棺材不掉淚，便向牧懷江道：「我們走吧。」說完，毫不遲疑地轉身走了。

牧斐見秦無雙說走就走，氣急敗壞地在後面追著喊：「秦無雙妳別走，先把錢結了……」

相撲館老闆一把拉住牧斐的袖子，笑咪咪道：「牧小官人，您還是把眼前的帳先結了

「過兩日小爺自會命人送錢來。」

相撲館老闆皮笑肉不笑道：「牧管家已經放過話了，牧小官人以後的帳他一概不認，所以，您還是先把這些錢結了吧。」

看著相撲館老闆的勢利樣，牧斐不悅地皺著眉頭道：「過兩日小爺自會命人送錢來。」

吧。」

第二十三章　躲無可躲

牧斐只好將目光投向還傻愣在一邊的段逸軒和謝茂傾二人。「你倆借我點銀子先將帳平了，回頭還你們。」

段逸軒此時才回過神，笑著上前拍著牧斐的肩膀道：「咱們都是好兄弟，放心，這家的帳我來替你平了。」

相撲館老闆立即鬆了手，將注單遞給段逸軒。

牧斐瞪著秦無雙離去的背影，一邊捲袖子一邊惡狠狠地叫囂道：「好妳個秦無雙，看爺回去不好好收拾妳！」

別過二人，牧斐一溜煙地追了出去，見秦無雙正要上馬車，他一個箭步上前，拉住了秦無雙的胳膊。「秦無雙，妳給爺站住！」

秦無雙轉頭，神情淡然地看著他，不說話。

「爺問妳，妳憑什麼干涉爺的事情？」

秦無雙理直氣壯地道：「憑我是牧家未來的少夫人。」

牧斐彷彿聽到了天大的笑話似的，向地上啐道：「呸！妳的臉皮呢？妳還真把自己當成了未來的少夫人？妳我心知肚明，咱們婚約是假的，妳信不信我現在就跟妳退婚？」

秦無雙皮笑肉不笑地瞅著他，開口道：「想退，可以，你找太后娘娘說去。」說完，甩開牧斐的手，徑直上了馬車，揚長而去了。

看著秦無雙遠去的馬車，牧斐徹底傻眼了，忽有一種引狼入室的感覺。

牧斐甫一回家，便往倪氏房裡去了，他滾到倪氏懷裡訴苦道：「娘啊，您要救救兒子，那個秦無雙快要將兒子活生生逼死了啊。」

倪氏忙哄勸道：「兒啊，你消消氣，娘也知道你很難，不如，你先聽秦無雙的話，乖乖唸幾日書……」

牧斐猛地坐起來，難以置信地看著倪氏，指責道：「如今連娘也和秦無雙串通一氣了嗎？都來逼兒子！」

倪氏忙澄清道：「娘怎麼會和她一氣，當然是永遠和你一氣，你放心，娘這就找秦無雙說理去。」說完，果然帶人去找秦無雙了。

秦無雙正在房裡看書，忽聽見有人來報。「夫人來了。」

秦無雙放下書，起身出門相迎。

倪氏見了秦無雙，忙笑喊道：「無雙啊。」

「夫人來了，請上座。」秦無雙請倪氏坐下，奉了茶，陪坐在下首，問道：「夫人來找無雙有何事？」

倪氏斟酌了一番用詞後，便直接道明來意。「也沒什麼大事，只是斐兒讀書的事……能不能往後延一些時日？眼下斐兒對讀書考試很是抗拒，只怕逼緊了又犯病了。」

秦無雙正色道：「不知夫人可曾聽過一句老話，叫『明日復明日，明日何其多，我生待明日，萬事成蹉跎』，倘若一味往後拖延，只怕小官人永遠不會用功讀書。再者，若是現在開始好好學習，還來得及趕上明年秋闈。小官人年歲也不小了，若是再拖下去，只怕及了弱冠也還考不出個舉人來。」

一席話頓時說得倪氏無言以對。

秦無雙又放低姿態道：「……夫人若是覺得無雙逼得緊了，無雙願意將對牌和扳指都交由夫人掌管，由夫人督促小官人讀書。」

倪氏聽了，自是知道自己幾斤幾兩，攬不起這個重責大任，萬一傳到老太君耳裡，少不得又是一頓訓斥，便連忙擺手強笑道：「不不，那就不必了，妳說得對，說得很對，就是該逼逼斐兒用功讀書。」

交涉未果，倪氏只好又回去勸牧斐，牧斐聽了自是一陣哭天喊地的。

是夜，他再次賭氣出門了。

只是這回，無論他去花樓、酒肆還是客棧，皆要求他先把之前記在帳上的銀子全都結了才能進去，他身無分文，自然到處吃閉門羹。

他只好叫安平回府裡要銀子，然後獨自一人在大街上遊蕩著。

眼看天色陰沈了下來，撲面而來帶著濕氣的風打得他臉頰有些涼，看來是要下雨了，本想找個地方避雨，忽聽身後有人朝他喊道：「牧爺？」

一轉頭，見是盛興賭坊的老闆帶著一眾手下笑咪咪地向他跑了過來。

牧斐挑眉問：「原來是江老闆，找爺有何事啊？」

江老闆笑道：「是這樣的，牧爺，您這個月向盛興賭坊借的銀子該還了。」

牧斐蹙眉。「老規矩啊，拿著借據去爺府上找管家結帳——只是，現在好像還沒到月底啊。」

江老闆道：「我們已經拿著借據找過貴府二爺了，二爺說從今往後牧爺欠下的錢牧家一分不認，要我們自個兒來找牧爺解決。」

牧斐心臟緊了一下，沒想到現在連二叔也這般狠心了，只得故作鎮靜道：「爺現在身上沒有銀子，等到了月底再說。」

江老闆伸著脖子，臉一沈。「那不成，您既然已經平了相撲館的帳，我們家的自然也得平了。」

牧斐怒道：「我說江老闆，你以後還想不想做爺的生意了？」

江老闆道：「貴府二爺說了，牧爺要用功讀書考功名，以後恐怕也去不了我們賭坊了，所以牧爺，您還是爽快些把錢還了吧。」

牧斐甩手吼道：「爺現在上哪兒給你們籌銀子去？」

江老闆皮笑肉不笑道：「牧爺既然沒有，那就請跟我們回去，我們好吃好喝款待著，相信牧家會送銀子來贖牧爺的。」

這些開賭坊的，個個都是心狠手辣的角色，此前，他也見識過那些欠賭坊錢的賭徒最後是什麼下場。

現在這些人一翻臉起來，指不定會怎麼收拾他。

牧斐心裡發毛又發慌，只得臉上故作凶狠對他們大吼道：「姓江的，你好大膽子，敢動小爺？」

江老闆其實不敢真的對牧斐怎麼樣，畢竟他的身分擺在那裡，只好笑著道：「牧爺這是哪……」

話還沒說完，只見眼前人影一閃，牧斐竟然撒腿跑了。

反應過來的江老闆立即喝令眾人。「給我追！」

牧斐滿大街亂竄，東躲西藏的，後面一眾人緊追著不放。

好不容易暫時將人甩掉了，只聽轟隆一聲，電閃雷鳴，轉瞬間大雨傾盆而下。

牧斐避之不及，全身上下皆被雨水淋透，四處張望了一下，見左方巷子裡有一處髒亂的小窩棚，不仔細看很難注意到。

聽著後方追趕聲越來越近，他只好矮身躲了進去。

待那幫追債的人走遠，他才大大鬆了一口氣，突然嗅到窩棚裡有一股奇怪的味道，又臭又腥的。

他連忙捏住鼻子準備起身，忽聞耳側有呼嚕呼嚕的聲音，接著一陣熱浪撲臉而來，牧斐駭然，嚇得一動也不敢動。

心想，莫不是鬼？

他戰戰兢兢轉過頭去，正好與一隻齜牙咧嘴、黏涎答答的大黑狗正面對上。

「啊啊啊——」

瞬間，慘烈的尖叫聲與黑狗的嚎叫聲響徹在深夜的大街上，牧斐邊拚命逃，邊扯著嗓門仰天哭喊著。「秦無雙，小爺我與妳不共戴天！」

自秦無雙從正店回來，闞神醫便開始替朱帳房治療花柳病。

朱帳房起初不太放心，躲躲閃閃的不讓看，怕闞神醫洩了密，畢竟這種病若是讓他娘子知道了可有得受的。

直到闞神醫表示他是受新東家囑託才來替他看病，其他的事情一概不會多管，朱帳房這才勉為其難接受闞神醫的治療。

看了幾日後，病情漸漸有些好轉，下面不再潰爛發癢了，朱帳房這才真心服氣闞神醫的醫術。

之後闞神醫配了一瓶藥方，囑咐朱帳房每日搽在子孫根患處，且不能穿褲子，須平躺在床上通風一個月才能徹底治癒，若是期間動了身體，讓氣血流向患處，不但功虧一簣，還會傷及根本。

朱帳房一聽，嚇得趕緊向秦無雙告假請求回家養病。

秦無雙卻不依了，開始百般挽留朱帳房，說是藥行每日都得補貨，雖說人來來去去的，但這藥行少了誰都行，就是萬萬少不得朱帳房。

朱帳房聽了，甚是得意，但畢竟子孫根要緊，思索再三後，決定還是先把各種藥材的上家和供價單拿出來，有了這些，秦無雙便可以派人依例去補貨。

朱帳房心想，他與那些供貨商打了十多年交道，憑她秦無雙，一個月內也不可能將所有供貨商都拉攏過去。

朱帳房手裡所謂的藥行命脈，便是供應這些藥材的上家。

秦無雙先是假意推辭不接，表示自己能力不足，唯恐會把事情搞砸，急得朱帳房差點給她跪了，她這才勉為其難地接下。

然而，朱帳房怎麼也不會想到，他這麼一躺，遠不止一個月，而是大半年，半年之後，所有的供貨商都被秦無雙掌握住了。

秦無雙自得了藥行的供貨上家後，就開始緊鑼密鼓的一間間暗中調查。哪家藥材貨真價實、哪家藥材濫竽充數、哪家藥材便宜、哪家藥材貴，各家藥材行價多少、供價多少，明面上給秦家藥行的供價多少，暗地裡給朱帳房的報價又是多少……

是以，整日忙得暈頭轉向的，一時也沒顧上牧斐已經有五、六日未歸了。

直到倪氏過來哭了一番，說她太狠心，竟將牧斐丟在外頭不聞不問的，她才不得不找來安喜詢問牧斐的下落，方得知牧斐在忠勤伯府段家。

牧斐翹著二郎腿倚在楠木椅子上，地上跪著一豔婢搥著腿，身後站著一豔婢捏著肩，一手執壺於扶手上，一手端盞送至唇邊細細品味，表情陶醉地看著舞池裡一群彩衣舞姬新練的霓虹舞。

對面坐著的段逸軒見了，隔著舞姬們勸道：「文湛，你這風寒還沒全好呢，就又喝起酒來，小心回頭又變嚴重了。」

牧斐晃了晃酒盞，微醺道：「無妨，喝酒正好排排寒氣，再不出來透透氣，小爺我都快悶死了。」

正說著，便聽見下人來報。「小官人，外面有人拜訪您。」

段逸軒問：「什麼人？」

下人回道：「是三位小娘子。」

段逸軒皺了皺眉，正在想是哪裡來的小娘子，那邊牧斐忽然站了起來，緊張兮兮地問：「長什麼樣的？」

舞姬們見狀，紛紛停了下來。

下人答道：「三位都長得很漂亮，對了，最漂亮的那位說她姓秦，還說是從定遠侯府來的。」

牧斐頓時有如被雷劈中一般，定在原地一動不動。

第二十四章 撒野

段逸軒一聽，大吃一驚，忙結結巴巴地問牧斐。「她她她怎麼找到這兒來了？文湛你……」

牧斐重重放下執壺與酒杯，煩躁地揮著手。「不見不見，就說你家主子沒空見，趕緊讓她們走。」

下人不敢妄動，回過頭看向段逸軒。段逸軒想了想，一擺手道：「就依他的意思去說。」

下人依言去了，二人各自歸了坐，舞姬重新起舞，牧斐悶悶地喝著酒。

半盞茶後，忽聞外面傳來下人焦急的聲音。「三位小娘子，三位小娘子留步啊……」

段逸軒轉頭一瞧，只見秦無雙帶著蕊朱、半夏直接闖了進來，他嚇了一大跳，忙起身相迎。

舞姬們再次停了下來，面面相覷。

下人苦著臉地向段逸軒道：「小官人，這位小娘子實在厲害，小的攔不住啊。」

秦無雙的身手段逸軒是見識過的，他家小廝要是能攔得住就怪了，於是朝小廝嫌棄地揮手。「下去、下去。」說完，馬上變臉，堆笑著對秦無雙拱手道：「……秦小娘子大駕光臨，恕段某有失遠迎。」

秦無雙客氣回禮。「段小官人。」

牧斐依舊翹著二郎腿，斜睨了秦無雙一眼，哼道：「妳又來這裡做什麼？」

段逸軒用眼神示意舞姬和豔婢們先退下去，她們便紛紛低頭退了出去。

秦無雙走到牧斐面前，心平氣和地對他說：「我知道你不想見我，我也不想親自來一趟，只是如今我在牧家一天，便要盡一天責任。走吧，跟我回家。」

牧斐忽然坐直了身體，向地上啐道：「呸！妳少來這一套，爺死也不回去。」

秦無雙看著牧斐不說話了，臉上一時也看不出什麼情緒，二人就這樣僵持著。

室內氣氛怪異的讓段逸軒坐立難安，他只好走到二人中間做起了和事佬。「秦小娘子，那個……既然文湛暫時不想回去，妳也就不要再逼他了吧？」

秦無雙轉頭看向段逸軒，抿唇溫柔一笑。「你放心，我不逼他。」

段逸軒拍了拍胸脯，鬆了一大口氣，連連點頭笑道：「那就好，那就好。」

隨即，秦無雙開始四下走走看看起來，邊感嘆道：「這忠勤伯府看起來就是氣派，無雙見識淺薄，還是頭一回見到如此華麗的擺設。」

牧斐聽了，扯唇冷笑，只當是秦無雙見識淺短、大驚小怪，他依舊靠坐在椅子上，想看她到底在耍什麼花招。

段逸軒一聽，忙跟在秦無雙後面，熱絡地介紹起自家的建築風格。

秦無雙邊聽邊點頭，緩步走到了窗邊的案桌，愛不釋手地摸著桌上擺放的紅珊瑚，問道：「這是紅珊瑚？這麼大一顆委實少見，應該值不少銀子吧？」

段逸軒如遇知音，大讚道：「秦小娘子好眼力，這顆紅珊瑚出自倭國深海，乃國貢，是皇上前兩年剛賞賜的，自然是價值連……」

話猶未了，只聽「啪」地一聲輕響，秦無雙手下的珊瑚忽然斷了一枝。

「啊……」秦無雙十分歉意地看著段逸軒。「真的很抱歉，我不知道珊瑚這麼脆……」

段逸軒嚥了嚥口水，雙手捧著斷枝看了一眼，感覺心在滴血，面上猶強笑道：「……無、無礙，我、我找人補上、補上就是了……」

秦無雙繼續東摸摸西瞧瞧地欣賞著，一面同段逸軒閒聊。「聽說段小官人替我們家小官人平了相撲館的債，足足有一萬多兩？」

段逸軒還在心疼他的珊瑚，正悄悄拼接著斷處，下意識回了句。「區區小事，何足掛齒？何況我與文湛乃好兄弟，自然應當互相幫助。」

秦無雙來到多寶槅旁，隨手取下一件瓷器在手上觀賞。「這青花折枝果紋梅瓶造型優美，青花色澤青翠、釉質厚實潤澤、畫工精湛，一看就知道出自大師之手。」

段逸軒瞥了一眼，忙放下斷枝珊瑚，上前眉飛色舞地介紹道：「秦小娘子好見識，這梅瓶可是無成子大師的得意之作，舉世罕見，我可是花了不少銀子才……」

嘩啦！倏地，梅瓶從秦無雙手中跌落到地上，碎裂開來。

這聲脆響驚得牧斐差點從椅子上跳起來，他可是清清楚楚看見秦無雙根本就是故意鬆開手的。

段逸軒腦子一片空白，嘴角抑制不住地抽搐了幾下，饒是他反應再遲鈍，此刻也明白過來秦無雙是故意這麼做的。

秦無雙向段逸軒毫無歉意地笑了笑，道：「不好意思，段小官人，手滑了……」

段逸軒欲哭無淚地看著秦無雙。

秦無雙道：「聽說，我們小官人在段小官人這裡好酒好菜好睡好玩地招待著，想來……費了段小官人不少精力吧？」

「不、不……是是是。」段逸軒一會兒搖頭，一會兒點頭，被秦無雙弄得快瘋了。

「這鈞窯菱花花盆……」秦無雙淺笑著伸出手，剛要去摸那花盆，便聽見段逸軒大聲喊叫道：「文湛！」

秦無雙手指摩挲著花盆邊緣，抿唇笑而不語。

段逸軒一面緊張地盯著秦無雙的手，一面衝到牧斐身邊，附耳低聲央求道：「兄弟啊，對不住了呀，你還是快些隨夫人回去吧，你家這位大佛我委實得罪不起啊，你若再不回去，恐怕她會把整個忠勤伯府都掀了。」

牧斐自然也看出秦無雙的用意了，只是他怎麼也想不到秦無雙膽子這麼大，竟跑到忠勤伯府撒野來了。

問題是忠勤伯府也不敢拿她怎麼樣，說到底她現在是牧家的人，橫豎都是代表牧家來的，再這麼鬧下去，兩家都難做人。他只得拍案而起，指著秦無雙罵道：「秦無雙，妳好卑鄙！」

秦無雙朝牧斐遠遠拱手道：「過獎。」

牧斐瞪著秦無雙，氣得咬牙切齒、渾身發顫。可是打也打不過，鬥也鬥不過，只能拂袖走了。

見牧斐踏出門，秦無雙這才一臉正色地對段逸軒道：「段小官人，今日萬不得已出此下策，嚇到段小官人了，無雙在此給小官人鄭重賠個不是，至於貴府損失，牧家自會如數賠上。」

段逸軒捂著胸口，哭笑不得道：「不、不必了，不過是兩個小玩意兒，我段家多得是。」

馬車上，牧斐坐在車尾角落，雙眼直直盯著秦無雙，秦無雙則坐在另一側，氣定神閒地垂目看著《本草綱目》。

「秦無雙，沒想到妳竟如此狠毒！」

秦無雙翻到下一頁繼續看了起來。

「還說什麼妳給我沖喜只是為了各取所需，我看妳圖的就是我牧家的權勢。」

秦無雙一目十行。

「別以為爺怕了妳，爺再怎麼說都是牧家的嫡子，只要有爺在，就不會讓妳掌控牧家。」

秦無雙看得十分專注，對牧斐的話充耳不聞。

牧斐怒了，一把抽走秦無雙手中的書扔在一邊，吼道：「爺跟妳說話呢！」

秦無雙這才抬頭看了牧斐一眼，隨後從匣子裡拿出一本書拋給牧斐，淡淡道：「這是你今天要看的書。」

牧斐下意識接在手裡一看，竟是一本《論語》，這兩個字如同套在他頭上的金箍咒驟然收緊，直叫他頭痛欲裂。他突然跳了起來，將書摔在地上，一邊用腳踩，一邊啐道：「呸！秦無雙，妳別欺人太甚了！」

秦無雙看著牧斐的舉動，眉尖緊蹙，抿著唇不說話。

「停車！」牧斐喊道。

馬車立刻停下，牧斐甩了簾子就從後面跳下去，只聽到下面一陣慌亂，此起彼落地喊著「小官人」。

秦無雙像是力氣突然被抽乾似的靠在車壁上，無奈地嘆了一口氣。

牧斐又在外面遊蕩了半日，眼見天黑了下來，想著上次被盛興賭坊的人追債，又被大黑狗追了幾條街，心有餘悸至今，恐又遇上了，只好打道回府。

人已到了大門口，就是來回踱步不進去，最後還是守門的一個小廝看見了，忙出來恭敬地請他進了門，又一個一個的往裡頭報。

秦無雙與半夏從斜對面的巷子裡走了出來，看著牧斐終於進了府。

秦無雙嘆道：「半夏，我這麼做是不是太狠了些？」

半夏道：「小娘子所做的一切都是為了小官人好，總有一日小官人會明白小娘子的苦心。」

過了好一會兒，秦無雙才道：「不求他明白，只求他不恨。」說著，忽似想起什麼來，又道：「我方才在車上觀他氣色，像是風寒未癒，一會兒回去吩咐廚房熬上參蘇飲送到小官人房裡去，伺候他睡前喝下。」

半夏應了是，主僕二人這才從便門悄然入府。

牧斐進府後直接往倪氏房裡去了，還將這幾天在外面的遭遇加油添醋地渲染了一番。倪氏聽了心疼得不知該如何是好，又不敢再去同秦無雙說理，只好一個勁兒的安慰兒子，幫他一起數落了秦無雙一番。

牧斐發洩夠了，回了屋，瞥見東屋的燈早已熄了，便氣呼呼地進了自己房裡。他看見桌子上放著一碗熱騰騰的湯汁，湊近了一聞，藥氣撲鼻。

「聞香？」

一個綠衣丫頭聞聲跑了進來。「小官人。」

牧斐見是芍藥，皺眉問：「聞香呢？」

「回小官人，聞香回家養傷去了。」

牧斐這才想起聞香被秦無雙打了板子，趴在床上動不了，已經抬回家去休養了，心裡越發對秦無雙不滿起來。他走到床邊一屁股坐下，生了會兒悶氣，又瞧見那碗藥汁。

「桌上放的是什麼東西？」

芍藥道：「是方才廚房送過來的參蘇飲，給小官人祛寒用的。」

「祛寒？」牧斐一臉驚詫。「誰吩咐的？」

「是東屋的半夏姊姊吩咐的。」

「半夏……」牧斐眼珠子一動，嫌棄地揮揮手。「拿出去潑了，誰要喝她送來的東西，不安好心。」

芍藥無法，只得端了藥出去潑了。

沒多久，又進來幾個丫鬟伺候牧斐沐浴更衣就寢，牧斐見除了聞香，其他丫頭一個不少，心裡的氣才稍稍平息一些。

夜裡，秦無雙將要睡熟，忽聞西屋人來人往、腳步匆匆，不一會兒，一個丫鬟站在門外焦急地喊：「秦小娘子，不好了，小官人又犯魘怔了！」

第二十五章 鬧事

秦無雙猛地驚坐起，在半夏與蕊朱的伺候下，急急套上衣裳往西屋去了。

一進屋，四處都是戰戰兢兢、誠惶誠恐的丫鬟們，見她猶如見佛似的蜂擁而上，七嘴八舌地說：「秦小娘子，小官人又犯魔怔了，可怎麼辦是好？」

秦無雙推開眾人走到床邊，只見牧斐雙目緊閉、臉頰潮紅、滿頭細汗、緊咬嘴唇、渾身亂顫，口中正胡亂嚷嚷著什麼。

她伸手探了一下牧斐的額頭，竟是滾燙無比。

「昨夜讓廚房送來的參蘇飲，可是沒喝？」

芍藥唯唯諾諾回道：「小官人命奴婢倒了。」

秦無雙聽了，眉頭緊皺看了牧斐一眼，然後轉頭對身後的蕊朱吩咐道：「去把我的針囊取來，再從藥匣子裡取藿香正氣丸與生脈散來。」

不一會兒，蕊朱取來所要之物，秦無雙替牧斐施了針，又親自餵了藥，前後忙碌了半炷香時間。

再觀其色，紅熱褪了，神情也安定下來。

秦無雙這才起身，對房裡的丫鬟說道：「小官人只是風寒未癒又著了涼，症上加症，一時起了高熱，導致驚厥囈語而已，眼下服了藥，睡上一覺就好了。」

丫鬟們聽秦無雙說畢，這才大大鬆了一口氣。

交代完了，秦無雙正起身要走，忽聞低低的一聲「別走」，手就被牧斐抓住了。

秦無雙愣了半晌，轉身一看，牧斐依舊沈睡未醒，只是眉頭緊皺，睡得很不安穩。

秦無雙無奈地嘆了一口氣，對眾人吩咐道：「都下去吧，這裡有我。」

眾人立即如釋重負地退了出去。

半夏從屋裡取了一件披風替秦無雙披上，又悄然退了出去。

秦無雙靠在床邊，偏頭看著自己被牧斐緊抓不放的手，目光順著二人相握的手一路移到了牧斐臉上。

那張臉一如既往的迷人，面如冠玉、眉如墨畫，唇紅膚白。似乎只有睡著的牧斐，才流露出幾分前世的光景來。

翌日清晨，不知哪來的一、兩聲雞鳴，將牧斐從睡夢中吵醒。他起先覺得頭昏腦脹的，睜開眼一看，床邊竟趴著個人。

他本以為是芍藥，可看衣著打扮又不像，這才一個激靈，坐起身驚喊了一聲。「秦無雙！妳怎麼在我房裡？」

秦無雙緩緩直起身子，淡淡地看著牧斐道：「你昨夜病了。」她其實早醒了，奈何她一動牧斐就皺眉，為了能讓他睡飽，她只好趴在床邊等著他醒來。
牧斐又問了一遍。「爺是問妳，妳怎麼會在爺房裡？」
秦無雙只好抬起手，晃了晃。
牧斐這才驚覺他竟然抓著秦無雙的手，趕緊避之唯恐不及似的甩開，並將自己的手藏到身後。
秦無雙起身，似乎連看都不想看他一眼，面無表情地說：「沒什麼事我就先走了。」
牧斐看著秦無雙的背影消失在門外後，趕緊伸出那隻碰過秦無雙的手，對著手心使勁打了幾下，恨鐵不成鋼地罵道：「叫你犯賤！叫你犯賤！叫你犯賤……」
當日，牧府請來的教書先生聽說牧斐回來了，便要去授課，誰知一天被牧斐捉弄三回，立即嚇得收拾東西告辭了。
之後一連數日，牧斐大門不出、二門不邁地悶在府裡，逗逗鳥啊蟲啊魚啊，逗完了畜牲又逗弄丫頭小廝，逗完人後不知還可以做什麼，整個人一點精神也沒有了。
這日，牧斐從園子裡回來，瞧見東屋又是靜悄悄的，細細一想，雖在同一屋簷下，他竟好些日子沒遇見秦無雙了。
招來安明一問，方知秦無雙近來一直忙著藥行的事情，整日早出晚歸，難怪見不到人。
牧斐心想，豈有此理，憑什麼秦無雙想去哪裡就去哪裡，想做什麼就做什麼，反倒是他，被秦無雙害得只能待在府裡，哪兒都不能去。

如此一想，牧斐就越發待不住了。

彼時，秦無雙趁著朱帳房告病期間，將秦家藥行的上家重新篩了一遍。那些名聲差的、藥材次的上家都棄了；名聲好的、藥材優的重新談條件。又將此前上家給朱帳房的回扣全部免了，還提高了半成的報價，那些上家哪有不願的，個個表示只認新的東家。

剔除了一些不合格的上家後，秦無雙就準備再談幾個新的上家，準備談的那些她前世就考察過了，規模雖不大，但出的都是精品，量少質優。

今日，她約了一戶種黃精的農家到朱雀門正店談合作，正談著，忽然聽見樓下吵吵嚷嚷的。

不一會兒，蕊朱上來，壓低聲音在她耳邊報，說是下面有人鬧事。

她便安頓農家坐下喝茶，留蕊朱伺候，自己一人下了樓。只見門外擠滿了看熱鬧的百姓，大堂櫃檯前放著一個竹製的擔架，擔架上躺著一個口吐白沫、昏迷不醒的男人，還有四個裹著頭巾、身穿粗布短褐衣的男人正圍著肖掌櫃破口大罵。

肖掌櫃一個勁兒地說：「別急別急，關神醫出去了，要不你們等關神醫回來看看？」

「看什麼看，明明就是你們賣假藥……」

秦無雙沒料到會有這麼多閒雜人等前來圍觀，想著她一個女子出面恐有不便，正猶豫著，這時不知誰喊了一聲。「那個女人就是秦家藥行的新東家！」

四個頭巾男中立刻有三個氣勢洶洶地走到樓梯前，指著秦無雙問：「妳就是這間店的老闆？」

此刻想退為時已晚，秦無雙只得淡定地下了樓梯，走到幾人跟前，點頭道：「我是。」

為首那個穿著棕衣、赤著胳膊的漢子惡聲惡氣地控告道：「妳來得正好，我堂弟前幾日得了風寒，拿了方子來秦家藥行抓藥，回去吃了兩副後，就開始上吐下瀉，半條命都快沒了，可見你們家賣假藥，差點吃出人命了。」

他這麼一說，門外看熱鬧的人們立即對著裡面指指點點起來。

秦無雙垂眸細細觀察擔架上之人一眼，然後向為首那人淺笑道：「你既說是在我家拿的藥吃出問題，那就把藥拿過來讓我查查。」

為首那人目光閃爍道：「藥、藥早就吃完了。」

秦無雙道：「既然吃完了，那就是空口無憑了，憑什麼說是我家的藥吃壞了人？」

棕衣漢子卻一口咬定道：「就憑我堂弟、我堂弟就是吃了你們家的藥才出事的。」

「既然如此，正好我略懂醫理，且讓我把脈看看。」說完，秦無雙就要伸手去把脈。

棕衣漢子見狀，一把攔住了她，道：「妳妳妳一個女子，年紀不大，在外拋頭露面經商不說，竟然還不知羞恥地替人把脈，妳願意，我們還不願意呢。」

他這麼一說，門外看熱鬧的人們又開始對她指指點點、議論紛紛起來。

「是啊，哪有女子在外替人把脈的，也不怕丟人現眼……」

擔架上之人雖面色慘白，但細細一看，就能發現是敷了厚厚一層粉；嘴角有嘔吐物，卻無酸氣，顯然不是真的嘔吐物；再加上雖然閉著眼，眼睫卻微微顫抖。可見，那人根本就是裝病。

秦無雙稍稍湊近為首那人，低聲道：「你若想訛銀子，開個價，我願意息事寧人。」其他腳店在她接手前的確曾經賣過假藥，這是賴不掉的。

但是正店有關神醫坐鎮，確是從未有過。今日這幫人來正店鬧事，想必就是為了訛些錢財花用，若是能夠用錢解決，她倒是願意大事化小、小事化無，畢竟再這麼鬧下去，有損的是秦家藥行的名聲。

棕衣漢子卻不肯善罷甘休。「我們不要銀子，只要公道，你們秦家藥行賣假藥，草菅人命、傷天害理，我們要、要……」大概是太過慷慨激昂了，正想打住話頭，圍觀的百姓倒是沸騰了，齊齊在外面高喊道：「告官！告官！」

棕衣漢子一聽告官，眼裡閃過明顯的心虛，其他同伴也面面相覷，露出了擔心的神色。

秦無雙一瞧，立即高聲喊道：「好！就告官，我來！」

棕衣漢子一聽，立刻伸著脖子叫囂道：「誰說要告官？我們才不要告官，自古官……官商勾結，我們要公道！公道！」

秦無雙卻不依了，冷笑道：「我看公道只有官府能給了，今日這官，我是告定了。」她雖想大事化小，但有些人顯然不願意，既如此，那不如把事再鬧大一些，由衙門來還秦家藥行一個清白。

棕衣漢子顯然被逼急了，轉頭就朝同伴們喊道：「兄弟們，這女的欠收拾，給老子砸了她的店！」

幾個人說砸就砸，開始在大堂裡見了東西就摔，肖掌櫃嚇得拉著秦無雙就要往裡面躲。秦無雙卻拂開肖掌櫃的手，大步上前，要去抓棕衣漢子的手臂。

不料，卻有人更快一步抓住了棕衣漢子的後衣領，往地上就是狠狠一摜。

「啊！」棕衣漢子的頭都快要扭到胸上去了，當場疼得慘叫。

秦無雙定睛一瞧，看清那人臉龐，頓時吃了一驚。

出手助她的人竟是錢白。

其他幾個漢子也被吳三幾下就解決了，倒在地下哀嚎不已。

躺在擔架上裝病的人，不停地睜眼偷瞄、閉眼偷睡，生怕被人注意到。

錢白一腳將棕衣漢子踹出兩丈遠，喝道：「還不滾！」

棕衣漢子嚇得捂著肚子，連滾帶爬地往門外跑，其他同夥見狀，哪還顧得上彼此，趕緊各逃各的，很快就只剩下擔架上那一人了。

那人本還想繼續裝下去，可聽見不知誰的腳步聲靠近，頓時大叫一聲「媽呀」，蹦起來抱著頭就往外跑。

圍觀的百姓這時才恍然大悟。「那個人竟是在裝病，原來他們真的是來訛錢的，真是沒良心啊……」

肖掌櫃見鬧事的人都走了，忙吩咐夥計收拾一地狼藉，他走到門口對圍觀者揮手道：「散了吧，散了吧，都散了。」

秦無雙笑看著錢白道：「你怎麼來了？」

「我來……咳咳……」錢白剛開口準備說話，就抑制不住地輕咳了起來。

秦無雙見狀，神色一緊，觀其面色蒼白、隱有病氣，便對他道：「可是病了？先進去讓我瞧瞧。」說完，一轉身向後堂走去了。

錢白示意吳三在外面等，自己則隨秦無雙進去了。

後堂是一間診室，平日都是關大夫在這裡坐診，今日他剛好出診不在。

秦無雙請錢白坐在診案前，錢白自覺地挽起袖子露出手腕放在脈枕上，秦無雙也自然而然地搭手號脈。

指腹沾肌時，錢白感覺手臂傳來一陣酥麻，他低垂著眉眼，臉頰悄然紅了起來。

號完脈後，秦無雙收回手，道：「無礙，只是偶感風寒而已，我開一副藥發散發散就好了。」

說完，取了一張紙，寫了幾味藥材，喚夥計按方子揀了藥來。

錢白抿了一下唇，抬頭道：「謝謝妳。」

秦無雙笑道：「謝我做什麼？今日該我謝你才對。」

「其實……」錢白的臉忽地一紅，低下頭，一時似難以啟齒，半晌才繼續道：「其實，我來……還想對妳……說聲抱歉，上次的事，是我唐突冒犯了。」

秦無雙不以為意地笑了笑。「不知者無罪，況且你也是想幫我。」

錢白聞言，又驚又喜。「妳不怪我？」

秦無雙道：「不怪，你要是不說，我早將這檔事忘了。」

錢白直直盯著秦無雙，看得出神。

秦無雙被他盯得不甚自在，扯出一絲強笑問：「你這樣看我做什麼？」

錢白臉頰又是一紅，垂眸低聲說道：「妳……妳真是一個很奇特的女子。」

秦無雙哈哈一笑，道：「我就當你是在誇我。」

這時，夥計阿元提著打包好的藥送了過來。「東家，藥來了。」

秦無雙接過藥，放到錢白面前，囑咐道：「記得用上薑、紅棗煎服，每日兩次。」

「……好。」錢白拿了藥，想著該告辭了，便起了身，忽然又想起什麼，遲疑了一會兒，才道：「對了，有一件事我想提醒妳多加小心，方才我路過貓耳巷時，看見一個穿著紫衣華袍、戴著銀冠的男子，給了那幾個鬧事者一袋銀子。」

第二十六章　勢在必得

秦無雙瞧錢白的神色，似是知道那人是誰，只是不想說開而已，顯然是他們都認識的人，心裡隱隱約約有了底。「我知道了，多謝提醒。」

彼時，貓耳巷深處，牧斐指著一個個鼻青臉腫的漢子罵道：「交代這點事情都做不好，真是一群飯桶！你們到底在幹什麼，竟然還砸了店！」

那棕衣漢子哭喊道：「爺啊，那個女東家威脅說要報官，我們可不想去衙門吃板子啊，再說，爺要我們將此事鬧得越大越好，最好人盡皆知，沒說不能砸店啊。」

牧斐扶額，頭痛不已。

這幫飯桶恐怕是沒見過秦無雙揍人時的樣子，不然給他們十個膽子都不敢動手砸店。他一時又氣又無語，嘴裡喃喃著。「一個個，成事不足敗事有餘！」一面朝那些漢子伸手。「退錢！」

「怎麼還要退錢了？事情我們做了，力也出了，傷也受了，我們還沒向爺要醫藥費呢。」

「呸！」牧斐衝那漢子啐道：「事情是做了，可你們辦好了嗎？」

漢子們一陣無言以對。

「退錢退錢！」

這幫人實在不敢得罪牧斐，只好一萬個不情願地掏出錢袋。

牧斐一把搶了過來，先在手上掂了掂，見分文不少，這才打開錢袋從裡面抓了兩塊銀元寶，丟給為首的漢子道：「醫藥費。」

牧斐出來之前軟硬兼施同他娘要了這些現銀，沒想到最後又有大半回到手裡，加上此番好不容易出來，自然不想那麼早回去，便在外面四處溜達了一圈，至晚方歸。

等他回到紫竹院時，發現秦無雙獨自一人坐在堂屋靜靜地喝著茶，旁邊一個下人也沒有。

這景況莫名讓他心裡有些發虛，他頓了頓，一手背在身後，一手抵拳故意清了清嗓子，假笑著上前打招呼。「那個，好久不見。」

秦無雙放下茶杯，抬眼看他，星眸裡暗光一掠。

紫衣華袍、銀蓮小冠……

很好，很好。

她垂下眸，淡淡道：「不久，就十日而已。」說著，從茶托裡拿出一只空茶杯，沏了一杯熱茶推給牧斐。

牧斐見狀，只好順勢坐下，端起茶來喝了一大口。

放下茶杯後，他不敢直視秦無雙，一面轉動著茶杯，一面故作無事似的與秦無雙閒聊。

「聽說，妳最近一直在忙藥行的事情？」

「嗯。」

「聽說，自從妳接手秦家藥行之後，生意越來越好了？」

「……嗯。」

「聽說，妳……」正說著，牧斐突然覺得胃裡翻江倒海，似有什麼東西湧上喉嚨，弄得他一陣噁心。他急忙起身，四下飛快看了看，見不遠處的小几上放著一個漱盂，便衝過去抱住，對著裡面「哇哇」地吐了起來，吐得他昏天黑地、臉色蒼白。

好不容易吐完了，他拿起放在一旁的巾帕擦了擦嘴，心裡納悶著這突如其來的嘔吐是怎麼回事？

一轉頭，竟看見秦無雙坐在原地氣定神閒地喝著茶，絲毫不為所動。

他一下子反應過來，指著秦無雙質問。「是、是不是妳在茶裡下了藥？」

秦無雙掀起眼簾、面無表情地看著他道：「這才是吃錯藥上吐下瀉的症候，下次找人鬧的時候，記得至少吃對了藥再來。」

牧斐傻眼，原來秦無雙早就知道了。

他心裡一時又虛又惱，乾脆破罐子破摔似的朝秦無雙叫嚷道：「沒錯，就是小爺叫人幹的，爺今兒個就把話給妳說清楚，以後妳要是再敢管爺，爺就天天派人去妳鋪子鬧。」

秦無雙失笑道：「只要你不怕天天上吐下瀉，就儘管去鬧吧。」

牧斐聞言立即向後一蹦，戒備地指著秦無雙道：「秦無雙，妳可知妳這是在謀害親夫，妳這是大逆不道！妳信不信爺現在就去告訴祖母，看她老人家還護不護著妳！」

「謀害親夫？」秦無雙冷笑著反問。「且不說你與我親不親，就說我謀害你的證據呢？」

「那就是證據。」牧斐遠遠地指著桌子上的茶壺。方才秦無雙就是用那個茶壺為他沏茶，茶壺鐵定有問題。

秦無雙垂眸看了茶壺一眼，然後當著牧斐的面雙手拿起茶壺，堂而皇之地往地上輕輕一扔——茶壺「啪啦」一聲，全碎了。

「不好意思，失手了……」

牧斐瞠目結舌地瞪著地上的碎片，好一會兒才怒不可遏地往外衝去。「秦無雙，妳卑鄙無恥，妳給爺等著，爺這就找祖母說理去！」

牧斐才走到門外，肚子忽然咕嚕咕嚕地翻滾起來，一股洪荒之流直往下衝，他也顧不上告狀了，只能神情扭曲地捂著肚子往茅廁奔去。

深刻體會到什麼叫做上吐下瀉之後，牧斐兩條腿已經忍不住開始打顫了，他在小廝的攙扶下回到屋裡時，秦無雙已經不在桌邊了，東屋的門簾低垂著，裡面沒半點聲響。

他恨恨地瞪了東屋一眼，又在小廝的攙扶下慢慢走回西屋。

剛坐下，芍藥便掀開簾子進來了。她的手裡端著一個托盤，托盤上放著一碗藥，甫一進屋，就散發出一股刺鼻的濃濃藥味。

「這是什麼東西？」牧斐捏著鼻子問。

芍藥說：「這是秦小娘子派人煎好送來的藥，說是用來止吐止瀉的。」

牧斐立刻苦大仇深道：「端出去倒掉，爺才不要喝她的藥。」

芍藥躊躇不前，最後還是違抗不過牧斐的命令，轉身準備出去倒掉，此時牧斐突然喊道：「等等！」

芍藥不解地看著他。

牧斐想了想，上次就是因為沒吃秦無雙送來的藥，結果夜間發起高熱——秦無雙這個人雖然可恨，但是她的藥卻很厲害，再說，跟誰過不去，也不能跟自己的身子過不去。

思來想去，別無他法，牧斐只好不耐煩地點點桌子。「放下吧，你們都退下。」

芍藥應了一聲「是」，便放下藥同其他人一起退下去了。

牧斐盯著那碗藥看了半晌，最終一拍桌子起身，單腳豪氣地踩在凳子上，端起藥，捏住鼻子，一口氣喝了下去。

等他喝完之後，才發現那藥苦得他腸子都快青了，忙又抱著茶壺灌了起來。

一壺茶水灌完，牧斐的眼淚都快流下來了。

至此，他總算深深明白了——寧可得罪閻王，也不能得罪秦無雙。那丫頭，可真真比閻王還狠。

不過，別的不說，那藥一下肚後，噁心感沒了，後庭那控制不住的燒灼感也消失了。

牧斐本以為他上吐下瀉了好幾回，定是元氣大傷，沒想到次日一早，他竟精神抖擻地起床，全身還充滿了活力。

這下子他才打從心裡相信，秦無雙的確是有些本事的。

自從上次另闢蹊徑在倪氏那裡要到了現銀，牧斐便開始每日想著法子奉承倪氏，換來現成的銀票。有了銀票在手，他又可以大搖大擺地出去玩耍了。

於是，好些時日，牧斐自己玩自己的，秦無雙也去忙她的生意。

牧斐見秦無雙並不管他，以為之前逼他讀書只是嚇唬他、做做樣子給家裡人看而已，就越發不將讀書一事放在心上了。

一日，秦無雙接到一張帖子，是薛靜姝邀請她去金明湖坐船遊湖。

秦無雙更了衣，想著以薛靜姝的性子應該不喜人多，便只帶了半夏前去赴約。

金明湖碼頭旁，薛靜姝站在柳蔭下向她招手。「雙妹妹。」

秦無雙笑著上前，姊妹二人先是寒暄一番，然後由下人攙扶登上岸邊泊著的一艘小遊船。

那遊船長不過兩丈，中間只有兩間六根紅柱敞軒，上頭是綠琉璃瓦四角攢尖頂，四面勾著輕紗簾帳，中間擺放著一張短腿長几，兩張青竹製的坐席。

「我見這大好時光，池子裡的荷花都開了，就想邀請妳一同遊湖賞荷，我素來喜歡清靜，便只雇了一艘小遊船，就我們姊妹二人，靜靜地賞景，再說說體己話，豈不正好？」

「姊姊說的，甚合我意。」

二人說著說著，遊船已經到了湖心，停在一處盛開的荷花旁。半夏和綠珠兩個丫頭跪在船尾，伸手摘了許多蓮蓬，秦無雙順手採了一朵並蒂蓮，插在几上的空瓶裡。

半夏和綠珠趕緊將摘來的新鮮蓮蓬抱進軒內，放上几案，主僕四人開始動手剝蓮子，妳餵我吃，我餵妳吃，好不歡快。

幾人正有說有笑，忽聞不遠處傳來一陣悠揚的簫聲。秦無雙細細一聽，那簫聲的音律竟與上次宮裡聽見的一模一樣。

薛靜姝轉頭看去，只見迎面而來一艘遊船。

那遊船只比她們的略大一點，船頭站著一名男子，藍袍緩帶、芝蘭玉樹，正低頭迎風吹簫。

簫聲止，遊船停，正在側方。

司昭笑著向她們拱手。「薛小娘子，我們又見面了。」

「是你？」薛靜姝認出了那夜的容顏，詫異裡還有一絲驚豔。

司昭彬彬有禮道：「小王姓司名昭。」

薛靜姝聽了，微微驚訝，忙向司昭欠身，見禮道：「原來是三皇子，靜姝有禮了。」

司昭道：「適才下人們捕了一籠新鮮的銀魚，眼下正用烏石烤著，如不嫌棄，小王誠心邀請兩位小娘子上船來品嚐一番。」

烏石烤銀魚，倒是極新鮮的做法，她們在船上就已聞到烤魚的香氣。

見薛靜姝一臉躍躍欲試，秦無雙忙暗中拉了拉她的衣袖，不動聲色地提醒道：「姊姊，他可是三皇子，還請三思。」

他是皇子，若她在眾目睽睽之下上了他的船，只怕很快就會傳出兩人互生情愫的謠言。傳言三皇子一向淡泊名利、與世無爭，若是因此害他捲入奪嫡之爭，倒是她的罪過了。

薛靜姝細細思量了一番，便向司昭歉意地賠了一笑。「靜姝不愛吃銀魚，恐怕要拂了三皇子的好意了。」

司昭也不強求，只拱手從容一笑道：「無妨。」說完，便命船動了。

看著薛靜姝癡癡目送司昭的遊船遠去，秦無雙心裡不由得一嘆，問道：「姊姊可是很欣賞三皇子？」

薛靜姝偏頭蹙眉，想了想，似有幾分惋惜、幾分惆悵道：「……我只是覺得他的簫……吹得甚好。」

正說著，聽見後方傳來陣陣鶯鶯燕燕嬉笑打鬧聲，一艘樓高兩層的華麗大畫舫快速駛了過來。

畫舫四周掛著一串串紅紗梔子燈，船頭船尾的招子上寫著「登仙閣」，朱欄畫閣、青羅繡幕、香風裊裊、絲竹陣陣，當真宛如仙界。

二樓的敞閣上，牧斐靠著扶欄，懷裡依偎著一個美豔的歌姬，正與對面的段逸軒談笑風生，那歌姬從銀盤裡摘下一顆葡萄，往牧斐嘴裡送了去。

牧斐低頭含住葡萄，忽然目光一定，落在了正擦身而過的小遊船上。

正巧，秦無雙抬頭，四目相對時，雙雙一愣。

薛靜姝見秦無雙神色有異，便順著她的目光看去，一眼認出了牧斐，不由得訝然道：「那位……可是……？」她沒點破，關於牧斐花花公子、頭號紈袴的名聲她早有耳聞，只是今日親眼看見才知傳言是真。

牧斐一時不防，咕嚕一下，葡萄滾進了喉嚨，噎得他梗著脖子狂拍胸脯，一張桃花臉立刻脹得通紅無比。

此狀頓時嚇了段逸軒與歌姬一大跳，歌姬手忙腳亂地拍著他的背，段逸軒趕緊倒了滿滿一杯果酒遞給他，示意他用酒壓下去。

慌亂之間，牧斐還想去瞧秦無雙，無奈他們船速太快，一下就將秦無雙的小遊船甩在身後，看不見影了。

他只好仰頭喝下果酒，一陣嗆咳後，那顆哽在喉管的葡萄終於吐了出來。

秦無雙看著遠去的畫舫，緩緩收回目光，神色淡淡道：「嗯，是他。」
薛靜姝心疼地拉起秦無雙的手，問道：「我聽說牧小官人並不待見妳，此事究竟是真是假？」
秦無雙卻是一臉不以為意道：「我只需過好自己的日子就行了，並不需要別人待見。」
薛靜姝還想說幾句安慰的話，綠珠突然跳起來驚叫。「不好了，船漏水了！」
二人低頭一看，船艙果然滲水進來了，秦無雙趕緊拉著薛靜姝起身避開進水處。
薛靜姝站在舢板上急道：「好端端的，怎麼會漏水呢？」
秦無雙回到滲水的艙底彎腰檢查了一番，發現水面飄著一層白色的東西，撈在手裡感覺滑滑的，細細一看，竟是白蠟。再看船底，船板老舊，中間縫隙已經老化了，露出明顯的裂痕，水就是透過那些裂縫滲進來的，有的裂縫之間還殘留著白蠟。
秦無雙心中一緊。看來，這艘遊船被人暗中動了手腳。
「姊姊，快去船頭呼救。」
薛靜姝聽了，忙和綠珠、半夏分別在船頭船尾對外喊叫。「救命呀！來人呀！救命呀……」
隨著滲水加劇，縫隙的白蠟全部被水沖掉了，水越進越多，很快淹沒了船艙，遊船在水中搖搖晃晃，沈了一大半。
就在這時，忽有一人踏水而來、躍上船頭，站在了薛靜姝面前。

薛靜姝看著司昭的臉，一時呆住了。

司昭對她道：「薛娘子不怕，我來救妳了。」

「三……」薛靜姝剛要開口，就被司昭摟腰凌空一躍，一聲驚呼斷在了風裡。

薛靜姝大概從未見過輕功，嚇得撲在司昭懷裡大叫。

秦無雙趕緊追了出來，卻見司昭正好轉過頭來冷冷地盯著她，那眼神像是充滿了死亡的警告。

秦無雙沒想到司昭的輕功竟然這麼好，只見他摟著驚嚇不已的薛靜姝，身手敏捷地上了他的遊船。

如此深藏不露，若說沒有野心，她才不信。

她看著薛靜姝撲在司昭懷裡瑟瑟發抖，還朝這邊指了指，神色很是焦急。

司昭一臉溫柔地撫摸著薛靜姝的頭髮，不知道在說些什麼，隨後薛靜姝身子一軟，開始往下滑，被司昭接住後摟在懷裡一動不動，遠遠看去，甚為親密。

秦無雙突然感到一陣惡寒，她頓時明白是誰暗中動了她們的遊船。

是司昭！

原來她再怎麼努力阻止，也改變不了命運。司昭顯然對薛靜姝勢在必得，而一切阻止他的障礙都會被掃除，恰巧，她成了障礙之一。

彼時，大畫舫上的人也聽見了動靜，紛紛扒著欄杆伸頭往這邊望，牧斐推開身上的歌姬湊過去看了一眼，立刻瞧見秦無雙站在搖搖欲沈的遊船上，不由得心下一慌。

他大喊道：「安平，快下去讓船掉頭！快掉頭！」

安平聽了，立即快步跑下樓。

段逸軒不解地問牧斐。「文湛，好端端的，讓船掉頭做什麼？」

牧斐言簡意賅道：「救人。」

段逸軒更不解了。「你何時這麼愛管閒事了？」

牧斐沒再理他，只是緊盯著秦無雙。

段逸軒順著牧斐的目光看過去，一時覺得船上的女子似乎有些眼熟，想了想，突然想到她是誰。他大吃一驚地指著那處道：「那個人是……秦無雙？」

牧斐聞之未答，只是手指快速地敲打著欄杆，顯得異常焦躁。

這畫舫太大，行駛雖快，掉頭卻難。

牧斐等了半晌也沒等到畫舫掉頭，眼看秦無雙的船就要沈下去了，他等不及，便直接從二樓的欄杆處縱身跳進了湖裡。

段逸軒見狀，嚇得在上面直喊：「文湛、文湛，你瘋啦！」

安平聽見動靜，衝到欄杆旁一瞧，見是牧斐跳進了水裡，正朝著秦無雙的方向奮力游去，便驚慌失措地喊了一聲「小官人」，也緊跟著跳了下去。

兩船之間相隔太遠，秦無雙此時根本沒察覺牧斐已經從船上跳了下來。

小遊船快速下沈，水面很快沒上船頭，船體失衡，搖搖晃晃的，秦無雙和半夏、綠珠只能緊緊抓著船柱穩住身體。

半夏問秦無雙。「小娘子，您可會泅水？」

秦無雙低頭看著漫過鞋底的水，眉心緊擰，搖了搖頭道：「不會。」

半夏道：「奴婢會，一會兒船沈後，小娘子只管抓著奴婢的手。」

綠珠見她家小娘子被人救走，早已嚇得雙腿發軟，一聽半夏會水，忙跪在地上抱住半夏的腿哭道：「我也不會，我也不會水，半夏姊姊，不要丟下綠珠，嗚嗚……」

正鬧得不可開交時，忽然從水下冒出一個蒙面黑衣人扒在船沿，秦無雙嚇得往後退了一步，戰戰兢兢地盯著那人，問：「什麼人？」

黑衣人扯下蒙面巾道：「是我。」

第二十七章　搭救

秦無雙見到黑衣人的臉大吃一驚，剛要說什麼，黑衣人立刻蒙上臉朝她伸出手，催促道：「先跟我走。」

秦無雙遲疑了一下，然後轉頭喊了一聲。「半夏！」

半夏目光堅定。「小娘子快走，半夏能自救。」

秦無雙不再猶豫，低頭道：「好。」說完，將手遞給黑衣人，黑衣人便拉她一起潛入水底，消失不見了。

牧斐正游著，忽然發現秦無雙一頭栽進水裡，他嚇了一大跳，趕緊加快速度朝沈船方向游過去。

等他游到後，哪裡還有秦無雙和沈船的影子。

牧斐一會兒潛到水下，一會兒冒出頭，水上水下的找著秦無雙，可連個人影都沒看見。

他的心慌得亂跳，就像馬上要從胸腔蹦出來似的。

他突然感到一絲害怕，像是有什麼寶貴的東西要就此一去不復返……

「秦無雙！秦無雙！秦無雙妳在哪兒?!」他雙手圈住嘴巴，扯著嗓門朝四周大喊。

安平追了上來，上前拉住慌了神的牧斐。「小官人！」

牧斐一把抓住安平，顫聲道：「快、快、快找小娘子。」

此時，半夏帶著綠珠從水下冒了出來，二人一出水面就齊齊深吸了一口氣。

牧斐見了，連忙推開安平游過去，一瞧，只有半夏和一個不認識的女子，便急問道：「小娘子人呢？」

半夏道：「小官人放心，小娘子方才被一個神秘人救走了。」

牧斐聞言，一顆心稍稍放了下來，旋即又提了起來。「神秘人？什麼神秘人？」

半夏搖頭道：「奴婢也不知是誰……」

秦無雙甫一睜眼，入目的就是錢白那張冷峻的臉。

「妳醒了。」

秦無雙撐著身子坐起，錢白忙從床邊的凳子上站了起來，彎腰扶她靠在床頭。他十分歉意地說：「對不起，我不知道妳恐水，妳一下水就暈了過去，後來我們順著暗水渠流出了城，只好先帶妳來此處休養。」

「你好意救我，不怪你。」說著，她打量了錢白一眼，他已換下那身黑色勁裝。

秦無雙又四下看了看，屋內陳設簡陋質樸，看起來像是一個普通老百姓的家。

她再低頭看了看自己，已經換上一套農家村婦的衣裳。

她不由得皺眉。「我的衣裳可是你換的？」

錢白連忙否認。「不不，不是我，是這戶人家的女主人替妳換的，衣裳也是她的。」

正說著，門「吱呀」一聲被人推開了，一位三十歲上下、頭綁著布巾的婦人走進來，兩手各端著一碗褐色的湯汁。

那婦人一見秦無雙醒了，笑著上前，十分熱情地說道：「小娘子醒了，太好了。這是我剛熬的薑湯，聽妳夫君說你們遊湖時不小心落了水，又順著水流漂了出來，這兩碗薑湯，二位喝了好祛祛寒氣，免得著涼了。」說著，將手裡的薑湯遞給了他們。

秦無雙接過薑湯，報之一笑道：「多謝。」

二人薑湯在手，俱是垂著頭，一時間誰也沒說話。

婦人見狀，以為是因為她在場，二人害臊，忙哈哈笑道：「你們小倆口繼續聊，有需要再叫我。」

錢白起身，朝婦人微微頷首，婦人便出去了，還周到地替他們關上門。

秦無雙靜靜看著錢白不說話，錢白忙放下薑湯，擺手解釋道：「妳別誤會，是她誤會了，她見我抱著昏迷不醒的妳來求助，才會以為我們是……」

秦無雙突然問道：「你是刺客嗎？」

錢白愣了下，隨後看著她抿唇不說話，但眼裡的凝重似乎代表了默認。

秦無雙又問：「你方才是打算刺殺三皇子？」

錢白的唇越抿越緊，隱隱透著憤怒與緊張，他微微垂下眼眸，似是不想深入討論這個話題。

看著錢白的神色，秦無雙知道自己猜對了。

她收到薛靜姝的邀請一同遊湖，現在已知她們的遊船被司昭的人提前動了手腳，為的就是上演一齣「英雄救美，擄獲芳心」的戲碼。

所以，她沈船落水是必然。

可是錢白卻救走了她。

錢白出現的實在是太巧了，巧的像是早就等在那裡似的。

秦無雙細細一想，錢白是穿著夜行衣從水底出現的，那就說明錢白救她根本不是巧合，而是早就潛伏在水中。他應該是正伺機刺殺某人，卻意外撞見她的船要沈了，這才出手相救。

秦無雙回想自己初次與錢白相遇，便是他身受重傷闖進藥鋪，那時他正被官兵滿城追捕，可見他的身分要麼是刺客、要麼是細作。而他今日潛藏在那片湖域，恰巧三皇子司昭就在那裡，所以她推測錢白的目標極有可能就是司昭。

「最後一個問題，」秦無雙問得很認真。「你會傷害汴都城裡的百姓嗎？」

錢白立刻抬頭看她，語氣肯定道：「不會。」

「……好。」秦無雙點了一下頭。

錢白有些不明白秦無雙究竟是什麼意思，謹慎地開口道：「妳……」

秦無雙打斷他。「你是誰，還有你要殺誰，我都不關心，我只關心你會不會傷害這裡的百姓，因為這些百姓裡面有我在乎的親人與朋友。你救了我，所以放心，只要你不傷害他們，我是不會向人告發你的。」

錢白聽了，稍稍鬆了一口氣，信誓旦旦道：「我錢白在此向妳保證，我所做之事，與這裡的百姓無關，更不會傷害他們。」

「我信你。」秦無雙接著道：「無論如何，今日是你救了我，救命之恩，無以為報，我只能說以後倘若有用得著我秦無雙的地方，只要不違背良心，我一定幫你到底。」

錢白聞言，心裡很是感動。

夜幕降臨前，秦無雙坐上錢白雇的馬車回了城，總算趕在掌燈時分回到牧家。

她回來得晚，不想聲張，下了馬車便從側門進了府，甫一進小院，就見小廝們急急往裡面通報。

走進內院，蕊朱、半夏、青湘搶著迎上來，喊道——

「小娘子，您終於回來了！」

「小娘子，聽說您落水了，可把蕊朱擔心壞了！」

個個緊張的拉著她細看。

「我沒事。」秦無雙對蕊朱笑了笑，又轉頭看向半夏，關切地詢問。「半夏，妳有沒有怎麼樣？」

半夏笑著搖頭道：「小娘子放心，奴婢很好。」

正說著，後面傳來一陣清嗓子的乾咳聲，半夏她們一聽，非常識相地立刻退到一邊。

牧斐立在廊下，一手背在身後，一手握拳抵在唇邊，見秦無雙終於注意到他，這才昂首闊步地走過來，裝作隨口問道：「聽說有個神秘人救走了妳？」

「嗯。」秦無雙淡淡點了下頭，然後徑直往屋裡走去。

牧斐亦步亦趨地跟在她身後，連珠炮似的追問道：「他是誰？男的女的？跟妳什麼關係？他是怎麼救走妳的？為何我沒看見他從哪兒冒出來？還有，妳這身衣裳是……」

秦無雙停住腳步，皺眉睨了他一眼，想起他今日在畫舫上那張欠揍的桃花臉，語氣很是不善道：「你以為你是誰？這些跟你又有何干係？」

牧斐一怔。

他隨即怒上眉頭，抱起雙臂，把頭扭得老高，哼聲道：「去，爺只是隨口問問而已，爺才不關心呢。」

秦無雙懶得理他，直接回了屋。

牧斐見狀，氣呼呼地踢了地面一腳，也回自己房裡了。

奔波驚嚇了一整日，秦無雙很是疲憊，半夏伺候秦無雙褪了衣裳，進到暖閣裡沐浴。秦無雙靠著浴桶閉目養神，半夏一面輕柔地替秦無雙洗著頭髮，一面小心翼翼地說道：「小娘子，其實今日，小官人也下水救妳了。」

秦無雙忽然睜開眼睛，愕然道：「妳是說……牧斐？」

半夏點了一下頭，道：「嗯，聽安平說小官人見小娘子落水後，就從畫舫二樓直接跳進湖裡，只是待他趕到時，小娘子已經被神秘人救走了。」

聞言，秦無雙垂下眼眸，看著鋪滿花瓣的水面，心緒一時起伏不定。

水霧的熱氣蒸得她臉頰有些燙，似乎連她心底那些皺褶都跟著被燙平了——牧斐，總是能在她的心硬下來的時候，悄無聲息地打開一道裂縫鑽進去。

翌日起床，秦無雙洗漱更了衣，出來吃早飯時，得知牧斐一大早就出門玩了。

因為要將所有供貨上家掌控在手中，趁朱帳房養病期間，同時避開肖掌櫃的手，秦無雙只能日日鎮店，親自處理合作上的事情。今日，她便照常去了正店。

來到正店，剛坐下不久，就聽見有人疾步上樓，接著蕊朱的聲音傳來。「小娘子，薛娘子來了。」

秦無雙忙起身相迎，走到樓梯口，見上來的只有蕊朱一人，便問道：「她人呢？」

蕊朱氣喘吁吁地指了指外面，道：「在外頭的馬車上，薛娘子說請您下去一敘。」

秦無雙便和蕊朱一起下樓，走到門外，見一輛馬車停著，綠珠和馬夫分立在兩側。

綠珠看見秦無雙，忙打起簾子。

秦無雙踩著馬凳上了車，薛靜姝在裡面拉了她一把。秦無雙坐下後笑著問：「姊姊怎麼找到這兒來了？」

「我先去牧府尋妳，府上的人說妳在這裡，我便過來了。我是偷偷出來的，不能久留，就不下車了，我們姊妹倆在車上敘敘吧。」薛靜姝拉著秦無雙的手，一臉歉意道：「昨日不知怎的，關鍵時候突然就暈倒了，幸好事後聽綠珠說妳被人救走了，不然妳要是有個三長兩短，姊姊心裡一輩子都不能原諒自己。」

秦無雙輕輕拍了拍薛靜姝的手背，安慰道：「不關姊姊的事，再說，我現在不是平安無事嗎？」

薛靜姝搖頭自責道：「追根究柢，還是我不該，早知有一場禍事等著，我就不該邀請妳去遊湖。」

沒有這場禍事，也有下一場禍事，只是這次湊巧讓她趕上了。

秦無雙不由得想起司昭那記警告的眼神，越發覺得此人心機深不可測，便委婉提醒道：「姊姊有沒有想過，三皇子三番兩次出現，或許是為了故意接近姊姊？」

第二十八章 命運的齒輪

薛靜姝臉頰驀地一紅，含羞帶怯道：「三郎已向我坦白，他……確實是故意接近我的。」

一聲「三郎」悶雷似的打在秦無雙心上，震得她半晌說不出話來。

薛靜姝道：「原以為他淡泊名利、與世無爭，那樣的話，若是捲入奪嫡之爭，恐怕只有被人犧牲的分；如今方得知他是個心思極深，智謀雙全之人。」

秦無雙反拉住薛靜姝的手，緊張地盯著她。「姊姊可知，他為何要接近妳？」

薛靜姝微微一怔，旋即斂色道：「我自是知道他接近我的用意，可是三郎與其他皇子不一樣，他絕非庸才。我遲早要選一個的——若是他想爭，我願意助其一臂之力。」

秦無雙只覺得全身一陣惡寒，原來她的阻止，在命運的齒輪前就如螳臂當車，根本改變不了什麼。

「妳怎麼了？臉色看起來這麼差，手也是冰涼的。」

秦無雙強笑了一下，心裡還想做最後一次努力，便道：「可能是昨日落水染了風寒，姊姊不必擔心。只是姊姊可想好了，三皇子也未必是最好的選擇……」

薛靜姝卻是一臉鄭重之色道：「經過昨日，我與三郎同處一船，關係親密的謠言已經傳得沸沸揚揚了，如果我猜得沒錯，這些應該都是出自三郎之手。可我不怪他，反而替他高興，因為我要選的那個人勢必是奪嫡之人，我祖父說過，我將來是一定要做皇后的，對方若是心慈手軟，奪嫡的代價他付不起、我也付不起，我們薛家更是付不起。妹妹，妳可明白姊姊的意思？」

原來薛靜姝的心裡早已如明鏡似的，什麼都懂，她也知道她要嫁的是一個什麼樣的人。

「……我明白了。」秦無雙只得壓下心中重重憂慮，聽天命盡人事了。

薛靜姝嘆道：「其實，這些話，我也只敢同妳說說而已。」說完，她目露擔憂地看著秦無雙。

秦無雙立即道：「姊姊放心，妹妹一定替姊姊守口如瓶。」

薛靜姝半是感激、半是滿意地點點頭。「好妹妹。」

幾日之後，秦無雙在匣櫃前點藥，錢白來了。

「錢公子？」

「咳咳，抱歉，我又來了，咳咳……咳咳……」

秦無雙見他臉上病色加重，咳嗽不止，忙問：「可是上次泅水後又變嚴重了？」

錢白抿著唇，遲疑了一下，才微微點了頭。「咳咳……嗯。」

秦無雙取了脈枕放在匣櫃上，向錢白道：「把手放上來。」

錢白依言伸手，秦無雙號了一下脈，皺眉道：「果然又嚴重了些，待我再加兩味藥吃吃看。」

過了幾日，錢白又來了，病狀竟比上次更甚了。

「怎會一點效果也沒有？」她不由得有些納悶，又問：「你可是按時按量在吃？」

錢白垂眸低聲道：「……嗯。」

秦無雙想了想，道：「這樣吧，你的藥就放我這裡，我親自來煎，你每日巳時來一次，申時來一次，就在我這裡服藥。」

「……好。」

一連三、四日，秦無雙親自揀藥、煎藥，錢白每日準時到，按時服藥，幾副藥下去之後，秦無雙再診錢白的脈，發現風寒症候已經明顯好轉。

她目光微微一閃，鬆了手，直視著錢白的眼睛問：「你實話告訴我，之前給你的那些藥，你可有按照我的囑咐服下？」

錢白見瞞不過，臉一紅，垂頭慌亂道：「對、對不起，我、我只是想……再多見妳兩面。」

秦無雙畢竟歷經了兩世，怎會看不出錢白對她的心思？她嘆道：「如果一個人連自己身體都不珍惜，又怎麼值得別人去珍惜？」

錢白低聲道：「以後不會了。」

秦無雙默了一瞬，道：「你可知，我已與人訂婚？」

錢白抬頭飛快說道：「我知道，但妳尚未及笄，還未與他成大禮。」看來錢白已將她與牧斐之間調查得一清二楚了，只是，她如今既與牧斐糾纏不清，何苦又給錢白希望，於是正色道：「我們雖未成大禮，但我已和他同住一個屋簷下，無論將來如何，我都只能是他的人。」

錢白垂下眼眸，神色有些落寞。「我、我從未奢望其他的，只是希望有機會能多見見妳。」

秦無雙低頭想了半晌，道：「我們之間，不可能有其他事發生。不過，倘若你願意，我們倒是可以結為義兄妹。」

錢白聽了，精神一振。「兄妹已經足矣。」他激動地說：「我、我在家中排行第二，大家都叫我二郎，若妳不嫌棄，以後可以喚我白二哥。」

秦無雙抿唇一笑，喊道：「白二哥。」

隨後二人天南地北聊起來，說著說著秦無雙便談起了經商，恰巧錢白也精通商道，與秦無雙交流起來，越發投契。

此後，錢白便三不五時來正店看秦無雙，直到一個月後，錢白告知家中有事必須回去，特來告辭。

秦無雙本欲作東治一席踐行宴，錢白卻說家中事情倉促，耽擱不得，秦無雙只得作罷。

日月如梭，轉眼到了年底。

這幾個月，秦無雙終於把藥行的口碑重新立了回來，生意這才算是真正有了起色。

她見時機已成熟，便暗中找了牙行，在藥行生意最好的時候乘機脫手，高價賣掉了八間藥鋪，只留下朱雀門正店、西水門、新曹門、馬行街、潘家樓五家鋪子。

之所以要在生意正好時賣掉大部分店鋪，一方面是因為貪多嚼不爛——這半年來，秦無雙雖在藥行立了些威信，但終是鋪多人雜管不過來，不如趁著行情好的時候，高價賣出換些現錢在手裡踏實。留下的幾間，也都是底況熟悉、距離相近的鋪子，方便她管理。

除此之外，秦無雙心裡還有另一個打算。近來，藥行的生意越來越難做，競爭大不說，藥材的收成也是一年不如一年。賣掉一部分秦家藥行，累積資本，其實是為了找機會改投其他產業，至於什麼產業她暫時還沒想好。

恰值宮裡採辦提前來店裡催促，進貢的保胎丸該準備了。

秦家保胎藥裡有一味阿膠的藥材，向來只從東阿採購，恰巧東阿的驢隻病死了一大批，秦無雙便以今年東阿的驢得了瘟疫，死傷不少，導致阿膠產量下降，存下來的貨也不如往年的優，多少會影響保胎丸效用為由，表示秦家藥行已無力再向皇室進貢上乘的保胎丸。

她又表示願將秦家藥行祖傳的保胎藥秘方進貢給內廷，可由內廷自行採購上等原料進行調配製作保胎丸。

如此一來，內廷欣然應了——他們早就覬覦秦家藥行的祖傳方子了，既然秦無雙願意雙手奉上，內廷又何樂不為？

自此秦家藥行無須再向內廷上貢保胎藥。畢竟是皇商的買賣，秦家藥行不想做，有的是人擠破了腦袋想做，內廷自然也不愁下家。

此事就這樣揭過了，秦無雙也徹底鬆了一大口氣。她總算切斷了秦家藥行與皇室的連結。

將近年關時，宮裡發生了一件大事，傳言皇上病了，且病得不輕，連床都下不了，朝政都是由薛丞相和金樞密院使共同協理的。因皇上未立儲君，大臣們便天天跪在皇上寢殿外，請求皇上早立太子，以保江山穩固。

一時間，整個皇宮內外人心惶惶的，汴都城裡更是一派暴風雨來臨前的詭異平靜。

這天，薛靜姝來找秦無雙聊天，暗地裡向她展示司昭送給她的定情信物，並告訴她祖父已經決定幫助三皇子奪嫡。

薛靜姝告訴她，皇上寢殿外的那些大臣們，日日向皇上奏請立太子，有人奏請立二皇子，有人奏請立五皇子、七皇子，就是沒人奏請立三皇子。那些人都覺得三皇子無娘家勢力，恐難上位，卻不知道三皇子早已暗中找好了大靠山。

薛靜姝還告訴她，所有皇子都卯足了勁兒在寢殿前逼宮，只有三皇子四處求醫問藥，找名醫替皇上看病，又親自去周邊寺院，誠心跪拜上山，替皇上祈福。

這些事情最後自然會經由丞相之口，全部落到皇上的耳朵裡。

奪嫡高下，已見分曉。

按照前世的軌跡，不出一年，司昭就會登臨大統，到時候，皇室內部將會進行一場大規模的血腥殺戮。

然而這一切都影響不到身在安樂窩的牧斐。自從牧斐能從倪氏那裡要到錢之後，他便一如既往地吃喝玩樂，不知人間愁苦。

牧老太君得知此事後，也只是睜一隻眼閉一隻眼。她心裡清楚，倪氏用的是自己的分例與嫁妝，所以每次給的有限，牧斐雖照舊吃喝玩樂，但到底比從前收斂了許多。

有些事情老太君也知道，急不來的。

只是，老太君不急，有人卻急了。

這日，太后命心腹太監江大監帶來了一道口諭，與他同來的還有臨安文壇泰斗石遠山老先生。

口諭上說，石老先生會成為新來的夫子，親自到府上為牧斐傳道授業三個月，特命秦無雙每日督促，學則獎之，頑則罰之。

牧斐如遭雷劈，整個人都傻了。

牧老太君自是喜出望外，送走了江大監、安置好石遠山老先生後，便趕緊囑咐秦無雙將藥鋪裡的生意稍稍放一放，在家裡陪牧斐唸書。

恰好秦無雙賣了大半店鋪，心頭重石總算落了地，加上正店由她師父看著，她倒是可以閒下來一陣子，正好著手督促牧斐讀書。

牧老太君心知秦無雙畢竟是小輩，不好說倪氏，便把倪氏叫來訓斥了一番，不准她再給牧斐錢，倪氏只得唯唯諾諾應下了；又把府裡的下人都警告了個遍，若再有人唆使小官爺出去玩，直接打了板子攆出去；還吩咐守門的小廝三個月內不准放牧斐出門。

看來這回，牧老太君是鐵了心要逼牧斐讀書做學問。

從前，府裡若是來了夫子，牧斐便會想盡法子戲弄一番。譬如將夫子正在喝的茶水悄悄換成墨水；或在夫子的書裡夾上幾張春宮圖；又或是在夫子暫歇的床上塞個風情萬種的小美人等等，不出幾天定能將夫子氣走。

但這回他卻蔫了，畢竟是太后娘娘親自選送過來的夫子，太后娘娘擺明了是要插手他學問上的事情，他自然不敢再像從前那般戲弄老夫子，將其嚇走了事。縱使他有天大的膽子，也不敢違抗太后娘娘的懿旨。

石老夫子入府之後，便立下規定，上課時間為每日卯正起、巳正休，學三日，休一日，至三月後止。

時值寒冬臘月，朔風凜凜，每日早晚，呵氣成霜，冷得讓人恨不得縮在被窩裡永遠不出來。這般光景，牧斐哪裡肯早起？

卯時二刻，床上的牧斐睡意正濃，恍恍惚惚間，聽見有人在耳邊小聲喊他，他煩躁地皺了皺眉頭，轉身繼續睡。

突然間，一陣振聾發聵的「梆梆梆——」響徹屋內，瞬間貫穿耳膜，嚇得牧斐一個激靈驚坐了起來。他茫然四顧，慌亂喊道：「什、什麼聲音？」

安喜一手拿著鑼，一手握著錘，正瑟縮不安地站在床邊，朝他扯出一絲比哭還難看的強笑來。

「安喜?!」牧斐傻看著安喜，不知是什麼狀況。

安喜哆哆嗦嗦道：「小小小官爺，該、該該起床上課了。」

牧斐終於回過神來，拍床怒叱道：「混帳羔子，你是吃了熊心豹子膽了，竟敢這般嚇唬爺？」

安喜嚇得撲通一下跪在地上哭喊道：「小官爺饒命啊，小的也只是聽命行事。」

牧斐伸著脖子喝道：「聽誰的命令？」

「我的。」安喜沒敢作聲，有道聲音從他背後傳了過來。

第二十九章　不得不學

牧斐聞聲抬頭一看，只見秦無雙穿戴著一身雪帽風裘，不知何時坐在了他房裡的椅子上，正好整以暇地看著他。

他頓時嚇了一大跳，忙拉起被子擋在胸前，結結巴巴地問：「妳、妳、妳大清早的，來、來我房裡做什麼？」

秦無雙心平氣和地提醒道：「卯初了，我特來督促小官人起床更衣，準時上課去。」

牧斐一聽，翻了個白眼，沒好氣道：「小爺我還沒睡夠，不去！」說完，蒙著被子往後猛地一躺，翻身背對著秦無雙，繼續睡覺。

秦無雙見狀，朝站在旁邊聽命的安明遞了個眼色。

安明會意，一咬牙，走到窗邊，將窗子打了起來支好。

瞬間，冷風呼呼地灌了進來，凍得安明渾身一哆嗦，忙低著頭退到一邊。

不多時，牧斐暴躁地掀開被子，大聲吼道：「混帳！誰開的窗？想凍死爺不成！」

安明同安喜一樣，撲通一下跪在地上，只管央求道：「小官人，小的求您趕緊起床吧。」

牧斐從床上跳了起來，指著安喜與安明的腦袋，惡狠狠地點道：「好啊，你們一個兩個的都敢叛爺，爺現在就去回了祖母，把你們全都攆出去。」

安明苦著臉道：「爺還是消消氣吧，老太君說了，咱紫竹院裡所有的下人如今都歸秦小娘子管束，小的不敢不聽啊。」

牧斐轉身，雙眼惡狠狠地盯著秦無雙，咬牙切齒地喊了一聲。「秦無雙！」

秦無雙不疾不徐道：「我給你一盞茶的時間，如果還沒有穿戴整齊，那我就親自動手替你穿。」說完，一臉淡定地起身走了。

牧斐突然打了個寒顫。

一想到秦無雙要親自替他穿衣，忍不住又打了個哆嗦，忙猴兒似的跳下床，喝斥安明放下窗子，喚丫頭進來伺候他洗漱梳頭，穿了一身厚衣裳，總算趕在卯正前出來。

卯正時分，天色尚黑，安平、安喜二人在前面舉著燈照路，秦無雙與牧斐並肩而行，朝嵐室方向走去。

一路上，牧斐呵欠連連、滿臉怨色，不停地拿眼斜視秦無雙，表達自己的不滿。

秦無雙目視前方，視若無睹。

二人到了嵐室，石老夫子早已等候在屋裡，二人向老夫子問了好，便各自歸座。

因秦無雙是女眷，僅為督促，便在牧斐書案的後側放了一扇高山流水紗屏風，其後安置一套桌椅供她旁聽。

石老夫子做了自我介紹，又侃侃而談了他的授課理念，這才開始正式講課。

「大學之道，在明明德，在親民，在止於至善。知止而後有定，定而後能靜……欲正其心者，先誠其意；於誠其意者，先致其知；致知在格物。」

秦無雙在紗屏後面，瞧見牧斐單手撐臉，下巴一點一點的，顯然早已聽得昏昏欲睡。

果然，石老夫子放下書，向牧斐問道：「牧小公子，方才老夫所講的，你都記住了嗎？」

「啊？」牧斐陡然驚醒，一時不知自己身在何處，直到對上石老夫子詢問的目光，他才回過神來，忙搖頭道：「沒有。」

石老夫子面無怒色，心平氣和地說道：「那老夫再講一遍，大學之道，在明明德……」一章講完，石老夫子又向牧斐問道：「牧小公子，你來說一下，古之欲明明德於天下者，先治其國，後面所講為何？」

「欲治其國者……」牧斐頓住，想了想，眼珠子一轉，笑嘻嘻道：「老師，學生愚笨，不知後面所講為何？」

石老夫子微微蹙眉，又問：「那這一章，你記住了什麼？」

牧斐越發嘻皮笑臉了起來，聳肩攤手道：「學生什麼都沒記住呀。」

明眼人一看，就知道牧斐是故意在與石老夫子作對。

石老夫子一時愣住了，竟無言以對。

秦無雙便在後面慢悠悠地說道：「一問三不知，罰抄本章內容一百遍。」

牧斐轉頭瞪了紗屏後面的秦無雙一眼。「秦無雙，妳有什麼資格罰我？」

秦無雙抬手輕輕晃了晃手上的扳指，淺笑道：「自然是太后懿旨。」

牧斐拍案道：「小爺我偏不抄！」

「兩百遍。」秦無雙低頭摩挲著扳指玩。

牧斐跳起來就往門外走，安明、安喜二人立刻從門外衝了進來，擋住牧斐的去路。

牧斐止住步伐，瞅著二人斥道：「你們做什麼？想造反不成？」

安明、安喜頓時一左一右抱住牧斐的大腿，跪在地上苦苦央求道：「小官人啊，您還是好好聽話坐下抄寫吧，小的實在不能放您出去，不然要挨板子的啊。」

牧斐低頭氣沖沖地說：「小爺現在就罰你們每人各三十大板！」

安喜委屈巴巴地仰起頭道：「小官人，還是等到您能說了算的時候再罰吧。」

牧斐氣息一滯，臉皮抽搐了幾下，然後，惡狠狠地沖著安喜、安明做了個「你們等著瞧」的動作。

安喜、安明忙鬆了手，跪在地上，攔住去路，眼觀鼻、鼻觀心的垂下頭。

牧斐恨恨轉身，重回到書案前，也不坐下，而是抱起臂膀，轉頭對秦無雙揚起下巴道：「爺不服！」

秦無雙問：「你有什麼不服？」

牧斐叫嚷道：「爺不服妳，憑什麼讓爺一個人學，有本事妳將先生講的那段一字不差地說出來，爺就服妳。爺不僅服妳，爺還主動抄寫三百遍。」

「好啊。」

秦無雙答應得十分爽快。

牧斐突然有種不好的預感。

「夫子今日所講之內容為《大學中庸》中大學經一章，乃蓋孔子之言，而曾子述之；闡述了大學之道，為聖王要修己以安人……夫子，我講得可對？」

秦無雙不僅將石老夫子講的部分一字不漏地說了出來，竟還將整個《大學》的內容全部一口氣說了出來。

牧斐聽了後，徹底傻住了。

石老夫子笑著讚道：「很對，小娘子看起來年紀不大，卻對此書倒背如流，小娘子可是熟讀過四書五經？」

秦無雙謙虛道：「老夫子謬讚了，無雙也只是略知一二。」說罷，她起身敬請道：「今日有勞夫子受累了，還請夫子先去歇息，明日再上吧。」

石老夫子點了下頭，起身在小廝們的帶領下出去了。

秦無雙繞過屏風，坐在牧斐斜對面的圈椅上，看著他，丟了一個眼神，道：「抄吧。」

「抄就抄！」牧斐一屁股坐在椅子上，從筆架上拽下一支筆，在硯臺裡胡亂攪了攪，就在紙上瞎寫起來。

秦無雙靠在座上，隨手翻看著《醉翁亭記》，一面喝著熱騰騰的茶。

牧斐斜眼覷了秦無雙一眼，心裡恨得牙癢癢，卻又拿她沒辦法，便又拿了一張紙，悄悄在上面畫了秦無雙的畫像，又在一旁題字寫著：母夜叉，秦無雙是也。

此舉猶未解恨，又在畫像的臉上點了許多痲子，將嘴巴故意改成肥唇，如此一看，頓時奇醜無比起來。牧斐這才覺得滿腔憋屈終於紓解了幾分。

恰值午飯時間，青湘與蕊朱端了飯菜擺上桌，四菜一湯，有魚有肉，葷素相宜，很是豐盛。

秦無雙自顧自地端碗開始吃飯。

牧斐看著飯菜全擺在秦無雙跟前，而且只有一碗米飯，便眨巴著眼問青湘。「爺的飯呢？」

青湘嚇得一瑟縮，垂著頭不敢說話。

秦無雙瞥了他一眼，道：「抄完了才有。」

牧斐「啪」地一聲將筆拍在書案上，怒指著秦無雙喊道：「秦無雙，妳敢虐待小爺？」

秦無雙看著牧斐抿唇一笑，隨後轉動手中銀箸握在手心，用力往小几上一插，那銀箸便直接插穿几面。

她挑眉道：「是又怎麼樣？」

牧斐看著那沒了一半的銀箸一眼，嚥了下口水，慢慢縮回脖子，乖乖伏案，開始正經八百地抄寫了起來。

秦無雙慢悠悠地吃完了飯，慢悠悠地漱口淨手，慢悠悠地喝了茶，又氣定神閒地看起了書。

掌燈時分，牧斐的肚子不停地叫，覷見秦無雙一副鐵面無私的神態，他也只能咬著牙，堅持將三百遍抄完了，然後拍筆就朝門外喊：「爺抄好了，快給爺飯吃。」

芍藥早將晚上的飯菜溫好了，聽見裡面喊，忙提了食盒進去擺飯。

牧斐抓起碗筷就開始狼吞虎嚥地吃了起來。

至此之後，牧斐上課再也不敢偷懶了，至少能每天堅持把石老夫子的課聽完。

只是每每上完課後，他整個人就猶如在夢中與人大戰三百回合似的，一副筋疲力竭的模樣。

「於其無好德，汝雖錫之福，其作汝用咎。無偏無陂，遵王之義……無偏無黨，王道蕩蕩；無黨無偏，王道平平；無反無側，王道正直……其中朋黨一論，實則朋比為奸。」

這日，石老夫子講到《尚書》周書洪范一節時，突然看向牧斐問道：「牧小公子，你對『朋黨』一論，有何見解？」

正在神遊天外的牧斐立刻拉回來，想了想，道：「見解嘛，是有的。」

「說說看。」

牧斐正經道：「學生不認為『朋黨』就是『朋比為奸』，俗話說，『物以類聚，人以群分』，自古以來，邪正在朝，誠使君子相朋為善，於朝廷又有何害處？」

石老夫子聽了，不置可否，只道：「繼續說。」

牧斐繼續道：「學生以為，大凡君子與君子以同道為朋，小人與小人以同利為朋，此自然之理也。不能因其小人利朋，而否定君子以道為朋。若是朝中有君子以大道大義而結為朋黨，焉知不是國之幸哉？故學生認為『朋比為奸』，不能一概而論。」

石老夫子捋著鬍子點了點頭，雖嘴上沒說什麼，但面上已經表露出幾分讚賞之意，轉而又向屏風後的秦無雙問道：「秦小娘子對此有何見解？」

牧斐的一席話讓秦無雙大感詫異，她原以為牧斐不學無術，對這些朝政方面的見解自然也是一竅不通，可今日看來，牧斐遠比她想像的聰明。

按理，石老夫子來到府上只是教授學問的，如今卻藉由學問影射朝政，再來試探牧斐的態度，想來這背後也是太后娘娘授意，藉此測試牧斐的資質。

不過，她只是一介女流，若對朝政之事大發感慨，恐惹出是非，便道：「此乃朝政之事，婦人不敢妄議。」

石老夫子恍然一驚，點頭道：「是老夫疏忽了……今日就到此為止吧。」

第三十章　心懷不軌

又到了一年花朝節。

牧斐足足被關在府裡兩月有餘，眼看三月之期將至，但一見花朝節來了，心裡又開始按捺不住了。

他便趁著這日休課，跑到老太君房裡左求右求的，拜託老太君放他出去踏青一回。

老太君見牧斐老老實實地上了兩個多月的課，心裡實在歡喜，加上一年一度的花朝節，正是百花齊放的好時節，心想也悶了這孩子好些日子，是該放出去走走了，便同意牧斐出門踏青，前提是必須帶上秦無雙。

好不容易才能出去一回，竟然還要帶上秦無雙那個母夜叉，牧斐自是不願意，可是老太君鐵了心要他這麼做，不然哪裡都不準去。

沒奈何，牧斐只得同秦無雙一道出門。

一路上，花香滿城，歡聲笑語，家家戶戶都要擺出幾盆花，恭迎花神降臨。

出了城，但凡花柳綠茵處，更是遍地善男信女，成群結隊，郊遊雅宴，折柳簪花。

「我們要去哪兒踏青？」秦無雙放下車簾問。

牧斐吊兒郎當地靠在車壁上，因為甩不掉秦無雙一事，讓他興致缺缺的，本想說就在前面下車，隨便找個地方走一走。

他忽然靈機一動，瞅著秦無雙道：「這裡人太多，好花好草都被遊人糟蹋了，我們得去一個人跡罕至的好地方。」

「什麼地方？」

牧斐賣著關子道：「去了妳就知道了。」

牧斐這一行出來，只準備了一輛寬大的馬車，以及一輛裝果子、點心、美酒等春遊物品的牛車，三、四個小廝和丫鬟蕊朱皆騎著馬跟隨著馬隊。

眼見午時已過，一行人才到達牧斐所說的地方，下車一看，竟是一座山的山腳。

「這是哪兒？」秦無雙仰首看著眼前這一大片拔地而起的山脈問道。

牧斐道：「這裡叫玉枕關，因其山形像一塊玉枕而命名，出了玉枕關，一路向北走幾百里，就能到達祁宋與遼丹的邊境之地。」

秦無雙皺眉，盯著他問：「你帶我來這裡做什麼？」

牧斐抬頭向上看去，說道：「此處是汴都最高的地方，我經常來這裡，因為站在山頂向北看，天氣晴朗的時候，便可以看見幽雲十四州。」

幽雲十四州，中原舊河山。

自從史家父子認賊作父，將幽雲十四州割讓給遼丹之後，幽雲十四州就再也沒回到中原人手上。失去幽雲十四州，就相當於將中原的北大門完全敞開，只能任由北方鐵騎南下，對中原燒殺搶掠。

祁宋建國之後，太祖、太宗兩朝，幾乎用盡舉國之力數次北伐，想重新奪回幽雲十四州，可是皆以失敗告終。

可以說，幽雲十四州，是整個祁宋血性男兒心中的痛。

這一瞬間，秦無雙彷彿從牧斐身上看見一股暗藏著的、不可捉摸的力量正在蓄勢待發。看著他的側顏，秦無雙無端覺得牧斐的形象變得偉岸了起來。

不過，這偉岸持續不到片刻，又變回了吊兒郎當。牧斐轉頭看著她笑道：「當然，更重要的是這裡氣候宜人，適合栽培名花奇樹，還有難得一見的『玉堂富貴』。」

「玉堂富貴？」秦無雙不解。

牧斐解釋道：「就是海棠、玉蘭、牡丹、桂花，合在一起就是玉堂富貴。也只有在這裡，才能同時看見這四種花齊放的獨特美景。」

秦無雙問：「這個時節，竟有桂花？」

牧斐神秘一笑道：「這妳就不懂了，玉枕關的桂花乃是早桂，上去看看就知道了。」

因車馬不能上山，他們便將馬車和馬拴在山下，然後徒步上山。

還好，汴都乃平原地勢，玉枕關也高不到哪裡去，不一會兒工夫，一眾人就到了山頂。到了山頂之後，秦無雙才算明白此山為何喚作玉枕了。

山頂四面廣平但中間微凹，表面植被蔥郁，遠遠看去就像一個天然的玉枕一般。

這玉枕關正如牧斐所言，因地勢較高又向陽，氣候十分宜人，上面不知被誰種滿了各式各樣的花，萬紫千紅，繁花似錦。

秦無雙一下子被吸引住了，正要往花林深處走，牧斐突然對她說：「我肚子有些不舒服，要找地方行個方便，妳繼續往裡面走，一會兒我來尋妳。」

秦無雙也沒多想，當即點了點頭，帶著蕊朱一起往裡面走了。

看著這漫山遍野的燦爛春光，秦無雙心裡不由得感慨，玉枕關上如此盛大美景，竟只有他們來欣賞，委實可惜。

一時心裡又想，玉枕關地處偏遠，從城裡過來，最快也得兩、三個時辰，到了這裡，爬上山來，都已過了晌午，若是速度慢些，說不定甫抵達，天色都快暗了，難怪無人前來欣賞如此美景。

若是能將這樣的美景搬到城郊周邊，想必早已人滿為患了。

主僕二人又逛了一會兒，並未等到牧斐，心想牧斐莫不是迷路，找不到她們了吧？於是決定掉頭往回走，沿途半個人影也沒有，一直走回到和牧斐分開的地方，依舊沒有看到人。

「小娘子，小官人他們不會已經下山去了吧？」蕊朱不由得有些害怕。畢竟這荒山野嶺的，就她們兩個女子，若是遭遇不測，那可真是叫天天不應、叫地地不靈。

秦無雙眉尖微蹙，抬頭看了一眼，見天色已晚，便迅速決定道：「我們先下山看看。」

只是，等她們到了山下，哪裡還有一車一馬，早已杳無蹤跡了。

這下子秦無雙算是徹底明白了——牧斐根本就是故意的，故意帶她來這個偏遠的地方，再故意將她扔在這裡，自己帶人先溜了。

蕊朱也反應過來了，急得直哭道：「小官人這是把我們扔在這裡了呀，聽說這荒郊野嶺到了晚上就會有野狼出沒，小娘子，奴婢可不想被野狼吃掉啊。」

秦無雙無奈地揉了揉額角，嘆了一口氣，安慰道：「好姊姊，別哭了，天色尚早，別太擔心，我們往回走，看看有沒有順路回城的車馬，到時候請他們幫幫忙，總有辦法的。」

蕊朱一聽，這才放下心來。

二人正要往回走，秦無雙一不小心拐到了腳，險些跌倒。

蕊朱忙蹲下察看，「哎呀」一聲，道：「都腫了。」

秦無雙低頭輕輕按了按，又活動了下腳踝，道：「無礙，只是扭到腳筋而已，回去熱敷一下就好了。別擔心，先回去要緊。」

蕊朱便攙扶著秦無雙一跛一跛地往回走，走著走著，遠遠看見迎面而來一位牽著大水牛的老農夫。

蕊朱忙指著前面喊道：「小娘子，快看，大水牛。」

秦無雙問蕊朱。「身上可帶著銀子？」

蕊朱答：「帶著呢。」

「妳去問那老農買了來。」

蕊朱馬上去了，不多時，便將那頭水牛牽了回來。蕊朱道：「小娘子快上去吧，奴婢牽著您走。」

秦無雙走到水牛旁邊，先是撫摸了牠的頭，和牠打了聲招呼、說了會兒話，這才輕輕拍了拍牠的背，然後翻身坐上去。

那水牛竟出奇的溫順，不用人拉便平平穩穩地朝前走。蕊朱見了，喜不自勝。

蕊朱牽著水牛在前面走，秦無雙坐在牛背上，隨手折了一截樹枝趕著水牛身上的蒼蠅，一面看著風景，突然覺得也別有一番自在。

無聊了，便扯下一片葉子放在唇邊，吹起了小曲兒。

蕊朱聽了，在前面跟著音律蹦蹦跳跳起來，好不歡快。

就在此時，迎面過來兩個人，一人白衣白馬，一人黑衣黑馬，原是疾馳而來，臨到跟前了，突然放慢馬速，朝她們看了過來。

秦無雙吹著曲兒，飛快掃了那二人一眼。

白馬上之人，雪衣寬帶、鬢如刀裁、面如春月、劍眉星目，觀之可親，全身上下無一不透著謙謙君子溫和如玉的風流之姿。

黑馬上之人，墨色勁裝，渾身透著一股剛勁之力，尤其眉眼，殺伐之氣甚重。

秦無雙本不以為意，卻見白衣人突然勒馬駐足，目不轉睛地盯著她看了起來，雖有癡態，卻無輕浮。

出於禮貌，擦身而過時，秦無雙在牛背上朝那人微笑頷首致意。

白衣人似乎愣住了。

——未完，待續，請看文創風871《厲害了，娘子》下

2020年7月出版

好運綿綿

文創風 867～869

年前，有個瞎眼老道上門算命，
指著還是個嬰兒的她說：在家旺家，出嫁旺夫！
她若真有福氣，上輩子怎會落了個不得善終的下場？

口甜如蜜沁心脾，體貼入微送暖意／采采

綿綿，家裡做生意成嗎？妳爹能中秀才嗎？這位當妳四嬸好嗎？
面對奶奶各種問題，小名「綿綿」的姜錦魚很是無奈，
她從不認為自己有好運，爹能考上秀才，是爹平常的努力。
有了重生的奇遇，她也只是比上輩子懂得珍惜，
偏偏奶奶莫名信了這套，她只能認真的回應。
身為女子，無法考科舉，又還只是個孩子，
乖巧、利用年齡優勢逗樂大人，這是她如今唯一能做的。
時光飛逝，很快就要過年，在鎮上讀書的哥哥也該回家了，
她扳指頭算時間，緊盯著門口預備準時迎接對方，
未料這次歸家的除了哥哥，還有一位來作客的冷漠少年。
少年名為顧衍，親娘早逝，爹在京裡是高官，
分明身分高貴，卻到這偏遠的小鎮念書，
這大過年的，竟然有家歸不得，得在他們這農家作客，
雖不知箇中原因，可她忽然覺得這個俊秀的少年可憐極了……

2020年7月出版

富貴桃花妻

文創風 864～866

今朝落難又如何？她偏有本事再來過。
明日桃花盛開，便是春風得意之時！

慧眼識夫 情有獨鍾／凌嘉

她名叫桃花，可穿越後即遭狠心的養父母毆打賤賣，前途簡直太不燦爛，
計畫逃跑又出師不利，竟被冷面將軍顧南野當成刺客抓起來，險些小命休矣。
雖是誤會一場，但生計無著，她只好賣身給將軍府，孰料卻是掉進了福窩～～
顧家母子真是佛心的雇主，顧夫人供她吃喝，帶她赴宴，教她理家讀書，
而顧南野不過臉臭了點，其實是個大好人，還使計助她擺脫養父母的糾纏，
卻因征戰四方保家衛國，得了殺人如麻的惡名，但也只得默默認下……
將軍心裡苦但將軍不說，她瞧得明白，決定利用前生本事與原身記憶幫一把，
寫寫話本替他洗白名聲，結果紅遍金陵城招來官府注意，繼而捲入人命官司。
唉，她想低調待在顧家安居度日，結果惹出這麼多是非還脫不了身，因為──
最大的風波並非她揭穿顧南野被黑的真相，而是她那太有哏的身世鬧的啊……

2020年7月出版

小黃豆大發家

文創風 861～863

爺爺找人算過的，說她命裡帶福，還旺家，
這話確實不假，她自小聰慧，連私塾先生都是見一次誇一次，
如果不是身為女娃兒，她覺得他們黃家說不定都能出個狀元了，
不過她懶，志不在此，且眼前她可是有更重要的事要做——
有了一筆意外之財當本錢，她準備帶著一家人發家致富啦！

風煙綠水青山國　籬落紫茄黃豆家／雲也

她黃豆是個有大福氣的，就連跟著一群孩子去河灘上撿東西都能撿到寶，
一個比臉盆還大、臭得沒人肯靠近的死河蚌裡，被她挖出了五顆珍珠！
靠著賣珍珠的錢，她讓爺爺買地，率先試行插秧種植法，提高稻產量，
府衙命黃家不得出售，除留部分做為日後種糧外，餘均收購留作良種，
眼見機不可失，爺爺慷慨地把這能救活無數百姓的插秧法上呈官府推廣，
自此後，黃家再不是單純的泥腿子了，他們有錢有地有名聲，還有官護著，
也因此，她心中計劃已久的建碼頭一事終於能提上日程了！
日夜期盼下，建好的黃家碼頭真的來船隻了，且日益繁榮，聲勢漸起，
然而，她擔心的問題也來了——碼頭生意原是一手獨攬的錢家出手了！
有官府護著，錢家不至於來硬的，走的是説親一途，説的正是她黃豆，
可她不願意啊，因為她心中有人了，便是小時候救她一命的恩人趙大山！
那會兒她年紀小，當然沒啥以身相許的想法，只把他當哥哥看，
但他出海跑船經商五年歸來後，卻不把她當妹妹看了，還跟她告白，
於是她不淡定了，心頭小鹿撞得快內傷，連終身大事都私下跟他訂好，
豈料，她對錢家的拒婚，卻害得至親喪命，甚至她自己都因此而毀容……

厲害了，娘子 上

國家圖書館出版品預行編目資料

厲害了，娘子 / 熹薇著. --
初版. -- 臺北市 ： 狗屋, 2020.08
冊 ； 公分. --（文創風）
ISBN 978-986-509-127-9（上冊：平裝）. --

857.7　　109009844

著作者	熹薇
編輯	張馨之
校對	王冠之
發行所	狗屋出版社有限公司
地址	台北市104中山區龍江路71巷15號1樓
電話	02-2776-5889～0
發行字號	局版台業字845號
法律顧問	蕭雄淋律師
總經銷	知遠文化事業有限公司
電話	02-2664-8800
初版	2020年8月
國際書碼	ISBN-13　978-986-509-127-9

本著作物由北京晉江原創網絡科技有限公司授權出版

定價250元

狗屋劃撥帳號：19001626

網址：love.doghouse.com.tw　E-mail：love@doghouse.com.tw